工業日文

江裴倩
江任洸　編著

U0069031

全華圖書股份有限公司

序言

　　語言的學習包括「聽、讀、說、寫」，本書乃綜合多年教授工業日文的經驗，將學習重點著眼於「讀」的訓練，主要在建立對日語文法整體概念的瞭解，使初學者在「假名的記憶」、「基本句型」、「動詞變化」、「形容詞・形容動詞變化」等方面，都能階段性完成學習目標，進而綜合運用所習的日語文法閱讀第一手的日文資訊。

　　期望以本書的學習安排為起點，透過老師的引領指導及個人學習風格，能對日文產生源源的興趣，並建立對日文的信心。

　　最後，感謝全華圖書股份有限公司對日語教育的關注與支持，才能藉此機會與讀者分享個人在日語方面的體驗與學習心得。

編輯部序

　　「系統編輯」是我們的編輯方針，我們所提供給您的，絕不只是一本書，而是關於這門學問的所有知識，它們由淺入深，循序漸進。

　　本書乃綜合作者教授工業日文多年的經驗編寫而成，內容生動紮實，並將學習的重點著眼於日語的「讀」，及建立日語文法觀念的瞭解，並採用階段性寫法，穿插活潑有趣的圖案，而且以雙色印刷，提高學習興趣，透過本書，您可輕輕鬆鬆的學會文法、快快樂樂的開口說日語，非常適合初學【工業日文】者研讀之用。

編輯要點

　　本書包括「發音與詞類」、「基本句型」、「動詞變化」、「形容詞‧形容動詞變化」、「應用閱讀」五大部份。編排上,以一課一單元為原則。每課都附有練習,可測試每一單元的學習成果。

1. 發音與詞類:P1〜P22,介紹日語的發音與十種詞類。

2. 基本句型:第I〜5課,介紹「〜は〜だ。」的衍變。

3. 動詞變化:第6〜21課,介紹動詞分類、自、他動詞、日華辭典的查閱、動詞第1變化未然形〜動詞第6變化命令形。

4. 形容詞‧形容動詞變化:第22〜28課,介紹形容詞、形容動詞的第2變化連用形〜第5變化假定形。

5. 應用閱讀:第29〜38課,編寫10篇工業文章,透過單字說明、文法提示、文章解析,以期提昇學習者日語語法的綜合運用力。

本書內容簡介

頁次	單元	內容
P1～P22	發音與詞類	平假名、片假名的書寫方式、基本發音、十大品詞
第1～5課	基本句型	「～は～だ。」的肯定、否定、疑問、推測
第6～21課	動詞變化	動詞的分類、自・他動詞、日華辭典的查閱、第1～6變化（附活用表）
第22～28課	形容詞・形容動詞變化	第2～5變化（附活用表）
第29～38課	應用閱讀	以「文法提示」為重點，解析10篇工業日文。

目録

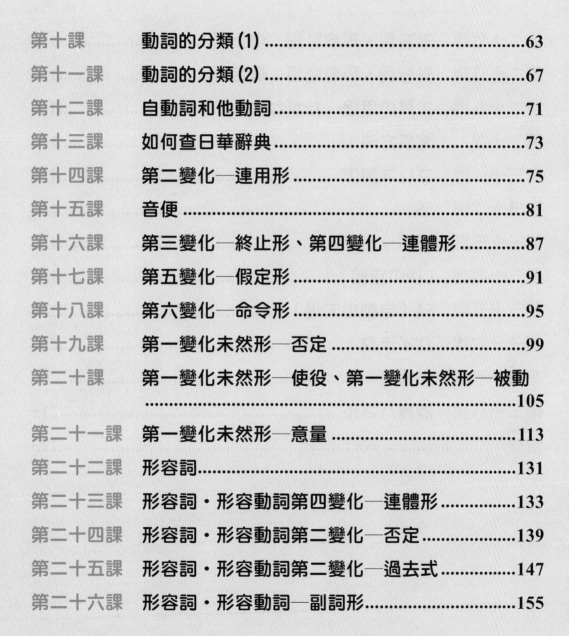

目録

符號說明

V一	動詞第一變化－未然形
V二	動詞第二變化－連用形
V三	動詞第三變化－終止形
V四	動詞第四變化－連體形
V五	動詞第五變化－假定形
V六	動詞第六變化－命令形
自上一	自動詞上一段活用動詞
自下一	自動詞下一段活用動詞
他上一	他動詞上一段活用動詞
他下一	他動詞下一段活用動詞
自力變	自動詞カ行變格活用動詞
自五	自動詞五段活用動詞
他五	他動詞五段活用動詞
自サ	自動詞サ行變格活用動詞
他サ	他動詞サ行變格活用動詞

1

五十音

一、清音

―平仮名―

わ wa	ら ra	や ya	ま ma	は ha	な na	た ta	さ sa	か ka	あ a
	り ri		み mi	ひ hi	に ni	ち chi	し shi	き ki	い i
	る ru	ゆ yu	む mu	ふ fu	ぬ nu	つ tsu	す su	く ku	う u
	れ re		め me	へ he	ね ne	て te	せ se	け ke	え e
を o	ろ ro	よ yo	も mo	ほ ho	の no	と to	そ so	こ ko	お o

―片仮名―

ワ wa	ラ ra	ヤ ya	マ ma	ハ ha	ナ na	タ ta	サ sa	カ ka	ア a
	リ ri		ミ mi	ヒ hi	ニ ni	チ chi	シ shi	キ ki	イ i
	ル ru	ユ yu	ム mu	フ fu	ヌ nu	ツ tsu	ス su	ク ku	ウ u
	レ re		メ me	ヘ he	ネ ne	テ te	セ se	ケ ke	エ e
ヲ o	ロ ro	ヨ yo	モ mo	ホ ho	ノ no	ト to	ソ so	コ ko	オ o

二、鼻音 <ruby>鼻音<rt>び おん</rt></ruby>

平仮名 <ruby><rt>ひら が な</rt></ruby>	片仮名 <ruby><rt>かた か な</rt></ruby>
ん n	ン n

三、濁音 <ruby>濁音<rt>だく おん</rt></ruby>

― 平仮名 ― <ruby><rt>ひら が な</rt></ruby>

ば ba	だ da	ざ za	が ga
び bi	ぢ ji	じ ji	ぎ gi
ぶ bu	づ zu	ず zu	ぐ gu
べ be	で de	ぜ ze	げ ge
ぼ bo	ど do	ぞ zo	ご go

― 片仮名 ― <ruby><rt>かた か な</rt></ruby>

バ ba	ダ da	ザ za	ガ ga
ビ bi	ヂ ji	ジ ji	ギ gi
ブ bu	ヅ zu	ズ zu	グ gu
ベ be	デ de	ゼ ze	ゲ ge
ボ bo	ド do	ゾ zo	ゴ go

四、半濁音 <ruby>半濁音<rt>はん だく おん</rt></ruby>

― 平仮名 ― <ruby><rt>ひら が な</rt></ruby>

ぱ pa
ぴ pi
ぷ pu
ぺ pe
ぽ po

― 片仮名 ― <ruby><rt>かた か な</rt></ruby>

パ pa
ピ pi
プ pu
ペ pe
ポ po

五、拗音

― 平仮名 ―

ぴゃ	びゃ	じゃ	ぎゃ	りゃ	みゃ	ひゃ	にゃ	ちゃ	しゃ	きゃ
pya	bya	ja	gya	rya	mya	hya	nya	cha	sha	kya
ぴゅ	びゅ	じゅ	ぎゅ	りゅ	みゅ	ひゅ	にゅ	ちゅ	しゅ	きゅ
pyu	byu	ju	gyu	ryu	myu	hyu	nyu	chu	shu	kyu
ぴょ	びょ	じょ	ぎょ	りょ	みょ	ひょ	にょ	ちょ	しょ	きょ
pyo	byo	jo	gyo	ryo	myo	hyo	nyo	cho	sho	kyo

― 片仮名 ―

ピャ	ビャ	ジャ	ギャ	リャ	ミャ	ヒャ	ニャ	チャ	シャ	キャ
pya	bya	ja	gya	rya	mya	hya	nya	cha	sha	kya
ピュ	ビュ	ジュ	ギュ	リュ	ミュ	ヒュ	ニュ	チュ	シュ	キュ
pyu	byu	ju	gyu	ryu	myu	hyu	nyu	chu	shu	kyu
ピョ	ビョ	ジョ	ギョ	リョ	ミョ	ヒョ	ニョ	チョ	ショ	キョ
pyo	byo	jo	gyo	ryo	myo	hyo	nyo	cho	sho	kyo

1. 起立（きりつ）　（起立。）

礼（れい）　（立正。）

着席（ちゃくせき）　（敬禮。）

---

2. お早（は）ようございます。　（早安。）

今日（こんにち）は。　（午安。）

今晩（こんばん）は。　（晩安。）

お休（やす）みなさい。　（臨睡前：晩安。）

---

3. A：それでは、始（はじ）めましょう。　（那麼，我們開始吧。）

B：はい、始（はじ）めましょう。　（好，我們開始吧。）

---

4. A：十分間（じっぷんかん）、休（やす）みましょう。　（我們休息十分鐘吧。）

B：はい、休（やす）みましょう。　（好，我們休息吧。）

5. お疲れ様でした。　（您辛苦了。）

6. さようなら。　（再見。）

では、又。

じゃ、又。

じゃ。

じゃね。

7. ～ページを見て下さい。　（請看～頁。）

8. 質問はありますか。　（有問題嗎？）

はい。　（是的。）

いいえ。　（沒有。）

9. 又、来週。　（下禮拜見。）

10. Ａ：分^わかりましたか。　（懂了嗎？）

　　Ｂ：はい、分^わかりました。　（是的，懂了。）

　　Ｂ：いいえ、分^わかりません。　（不，不懂。）

11. 初^{はじ}めまして。　（初次見面，幸會。）

12. どうぞ宜^{よろ}しくお願^{ねが}いします。　（請多多指教。）

13. こちらこそ。　（彼此彼此。）

14. すみません。　（對不起。）

15. Ａ：どうも有^あり難^{がと}うございます。　（謝謝。）

　　Ｂ：いいえ、どういたしまして。　（不，不客氣。）

16. いただきます。　（開動。我要享用了。）

17. ご馳走様でした。　（謝謝款待。我吃飽了。）

---

18. A：大丈夫ですか。　（沒問題嗎？您還好嗎？）

B：はい、大丈夫です。

（是的，沒有問題。是的，我很好。）

---

19. A：頑張って下さい。　（請加油。）

B：はい、頑張ります。　（是的，我會加油的。）

---

20. よくできました。　（做得很好。）

日 語 的 結 構

日語由「和語(わご)」、「漢語(かんご)」、「外来語(がいらいご)」三種類型的語言所構成。

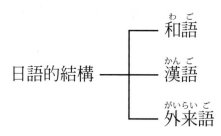

1. 和語(わご)：日本固有的語言。用「平仮名(ひらがな)」和「訓読(くんよみ)」之漢字書寫。

山(やま)　　　明日(あした)

2. 漢語(かんご)：由中國傳入的「音読(おんよみ)」之漢語。

山(さん)　　　明日(みょうにち)

3. 外来語(がいらいご)：由中國以外的國家所傳入之語彙，用「片仮名(かたかな)」書寫。

ピアノ　　　　パン

(英piano)　　　(葡pão)

日語的文字

　　包括「平仮名（ひらがな）」、「片仮名（かたかな）」、「ローマ字（じ）」、「漢字（かんじ）」。「平仮名」、「片仮名」、「ローマ字」屬於表音文字，「漢字」，則屬於表意文字。

	平仮名
表音文字	片仮名
	ローマ字
表意文字	漢字

一、「仮名（かな）」的起源

	平仮名（ひらがな）	源於草書。
仮名（かな）	片仮名（かたかな）	源於楷書之偏旁或部首。

二、日語文字之使用

1. 「平仮名（ひらがな）」與「漢字（かんじ）」：目前日語所使用之文字以「平仮名」和「漢字」為主。其中「漢字」包括中國固有的漢字和日本自創的漢字。

2. 「片仮名（かたかな）」：通常用於表示外來語、外國國名、外國地名、外國人名、擬聲語、擬態語、加強語氣……等。

3. 「ローマ字<ruby>字<rt>じ</rt></ruby>」：將日語以羅馬拼音的方式表示，多使用於表音文字地區的日文書寫。

例如： <ruby>私<rt>わたし</rt></ruby> は <ruby>学生<rt>がくせい</rt></ruby> です。
watashi wa gakusei desu.

三、「漢字」的讀法

日語中所使用的漢字，原則上都有「<ruby>音読<rt>おんよみ</rt></ruby>」和「<ruby>訓読<rt>くんよみ</rt></ruby>」。

<ruby>音読<rt>おんよみ</rt></ruby>	源於中國漢字原來的發音。
<ruby>訓読<rt>くんよみ</rt></ruby>	參考漢字原有的意義，再賦與日本固有的發音。

例如：

單字　讀法	<ruby>音読<rt>おんよみ</rt></ruby>	<ruby>訓読<rt>くんよみ</rt></ruby>
山	さん	やま

日語的發音

包括清音、鼻音、濁音、半濁音、長音、促音、拗音。

1. 清音：大體上，清音的發音因不振動聲帶，所以稱之爲「清音」。

2. 鼻音：透過鼻子共鳴所發之音，所以稱之爲「鼻音」。

3. 濁音：濁音的發音因振動聲帶，所以稱之爲「濁音」。其以子音[g]、[z]、[d]、[b]配上[a]、[i]、[u]、[e]、[o]五個基本母音所構成。包括「が行」、「ざ行」「だ行」、「ば行」。

鼻濁音

標準的日語發音，當「が行」的「が」、「ぎ」、「ぐ」、「げ」、「ご」出現在字首時，其發音爲[ga]、[gi]、[gu]、[ge]、[go]，但出現在字中或字尾時，其發音原則上發成含鼻音的[ŋa]、[ŋi]、[ŋu]、[ŋe]、[ŋo]，所以稱之爲「鼻濁音」。

---

4. 半濁音：以雙唇無聲爆破子音[p]配合[a]、[i]、[u]、[e]、[o]五個基本母音所構成。其「平仮名」的書寫方式即爲「ぱ」、「ぴ」、「ぷ」、「ぺ」、「ぽ」五個「仮名」。而「片仮名」則爲「パ」、「ピ」、「プ」、「ペ」、「ポ」。

5. 長音：即把「仮名」的音拉長一拍發音，此發音方式稱爲「長音」。

「平仮名」、「片仮名」、「ローマ字」其長音的標示方法如下：

(1) 平仮名

「平仮名」長音規則	例字	
あ段音＋「あ」	ああ	母さん
い段音＋「い」	いい	兄さん
う段音＋「う」	空港	数学
え段音＋「え」「い」	ええ	先生
お段音＋「お」「う」	大きい	交通

(2) 片仮名：「片仮名」的長音，其橫寫時以「ー」表示，直寫時則以「｜」表示。

13

	「片仮名」長音標示法	
橫寫	マーク	コーヒー
直寫	マーク	コーヒー

(3) ローマ字：羅馬拼音其長音的標示方法乃是在母音上面加「￣」；但長音爲[i]時，乃以[i]標示。

gin kō   gaku sei

ぎん こう   がく せい

銀 行   学 生

6. 促音：促音的標示方法以小的「っ」標示。發完「っ」前面的發音後，立即停頓一拍（一個音節）不發音，之後緊接著發下一個音。

「平仮名」、「片仮名」、「ローマ字」其促音的標示方法如下：

(1) 平仮名

ざっし　　あっさり

(2) 片仮名

マッチ　　トラック

(3) ローマ字：羅馬拼音的促音標示規則有二：

①重覆促音下一音節的第一個羅馬拼音之字母。

za　s shi

ざっし（雜誌）

②促音下一音節的第一個羅馬拼音的字母爲[c]時，不重覆[c]而改用[t]。

a　t chi　ko t chi

あっち　こっち

7. 拗音_{ようおん}：拗音顧名思議爲拗口之音，由「い段音」配上「や行」之「ゃ」、「ゅ」、「ょ」所構成。但「ゃ」、「ゅ」、「ょ」須小寫，例如：「きゃ」、「しゃ」、「ちゃ」……等。

※拗音雖然用兩個「仮名」標寫，但實際發音時則爲一個音節，只發一拍的音。

い段音	拗　音		
い き し ち に ひ み い り い ぎ じ び ぴ	きゃ	きゅ	きょ
	しゃ	しゅ	しょ
	ちゃ	ちゅ	ちょ
	にゃ	にゅ	にょ
	ひゃ	ひゅ	ひょ
	みゃ	みゅ	みょ
	りゃ	りゅ	りょ
	ぎゃ	ぎゅ	ぎょ
	じゃ	じゅ	じょ
	びゃ	びゅ	びょ
	ぴゃ	ぴゅ	ぴょ

五十音圖

一、五十音図(ごじゅうおんず)

將清音的字母按照五個基本母音[a]、[i]、[u]、[e]、[o]，配合[k]、[s]、[t]、[n]、[h]、[m]、[y]、[r]、[w]等九個子音，排列成五十個音的字母表，通常此字母表為「五十音図」。

10	9	8	7	6	5	4	3	2	1		
w	r	y	m	h	n	t	s	k			
わ	ら	や	ま	は	な	た	さ	か	あ	a	1
	り		み	ひ	に	ち	し	き	い	i	2
	る	ゆ	む	ふ	ぬ	つ	す	く	う	u	3
	れ		め	へ	ね	て	せ	け	え	e	4
を	ろ	よ	も	ほ	の	と	そ	こ	お	o	5

二、46個字母

「五十音図」雖稱為五十音，但扣除「や行」的「い」、「え」和「わ行」的「い」、「う」、「え」等五個重複的字母，再加上鼻音「ん」，實際上總共有46個字母。

10	9	8	7	6	5	4	3	2	1		
ん／わ	ら	や	ま	は	な	た	さ	か	あ		1
○い	り	○い	み	ひ	に	ち	し	き	い		2
○う	る	ゆ	む	ふ	ぬ	つ	す	く	う		3
○え	れ	○え	め	へ	ね	て	せ	け	え		4
を	ろ	よ	も	ほ	の	と	そ	こ	お		5

※1. 50－5＋鼻音「ん」＝46
2. "○"者為重複之字母。

三、「行」與「段」

1. 「行」：「五十音図」直的部份，稱為「行」。例如：「あ行」包括「あ、い、う、え、お」。

2. 「段」：「五十音」橫的部份，稱為「段」。例如：「あ段」包括「あ、か、さ、た、な、は、ま、や、ら、わ」。

↓(段)	あ行	か行	さ行	た行	な行	は行	ま行	や行	ら行	わ行
あ段	あ	か	さ	た	な	は	ま	や	ら	わ
い段	い	き	し	ち	に	ひ	み		り	
う段	う	く	す	つ	ぬ	ふ	む	ゆ	る	
え段	え	け	せ	て	ね	へ	め		れ	
お段	お	こ	そ	と	の	ほ	も	よ	ろ	を

→(行)

日語的重音

重音（アクセント）

　　日語每一個單字的聲調都有一定的高低變化，稱之為「重音」（アクセント）。

重音的標示法

　　原則上可分為「數字式」和「劃線式」。

　1. 數字式

　　　⓪　表該單字每一音節的唸音皆提高。

　　　①　表該單字唸音第一音節提高，第一音節以後往下降。

　　　②　表該單字唸音提高到第二音節，第二音節以後往下降。

　　　③　表該單字唸音提高到第三音節，第三音節以後往下降。

　　　依此類推，④⑤⑥……，即是分別提高到第4、第5、第6音節，第4、5、6音節以後往下降。

　2. 劃線式：上方劃橫線部份的音節，唸音提高，未劃橫線的音節則降低。

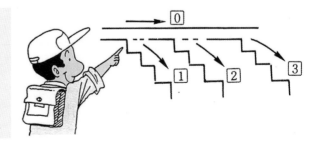

※ 拗音、促音、長音皆算爲一個音節。

拗音	去年 きょねん	①1	きょねん 一個音節
促音	雑誌 ざっし	⓪0	ざっし 一個音節
長音	コーヒー	③3	コーヒー

十大品詞

品詞
<small>ひん し</small>

　依文法上的意義、功能、形態所分類而成的詞類，稱之為「品詞」。

十大品詞
<small>じゅうだいひん し</small>

　日語的單字可分為十種詞類，稱為「十大品詞」。

　「十大品詞」包括「動詞」、「形容詞」、「形容動詞」、「名詞」、「副詞」、「連体詞」、「接続詞」、「感動詞」、「助動詞」、「助詞」等十種詞類。

十大品詞

	品詞	説明・例示
1	動詞 <small>どう し</small>	表人、事、物的動作、作用、存在。以「う段音」結尾。 見る　読む　買う
2	形容詞 <small>けいよう し</small>	表人、事、物的性質、狀態，以「い」結尾。 高い　早い　美しい
3	形容動詞 <small>けいようどう し</small>	表人、事、物的性質、狀態，以「だ」結尾。 綺麗だ　上手だ　幸せだ

	品詞	説明・例示
4	名詞 （めいし）	表人、事、物之名。 私（わたし）　机（つくえ）　一本（いっぽん）
5	副詞 （ふくし）	用來修飾動詞、形容詞、形容動詞。 よく　　もっと　　すぐ
6	連体詞 （れんたいし）	用來修飾名詞。 この＋事（こと）　この＋人（ひと）　小さな＋物（もの） 　　　　名詞　　　　　　名詞　　　　　　　　名詞
7	接続詞 （せつぞくし）	接續單字、句子、文章。 そして　　しかし　　また
8	感動詞 （かんどうし）	表感動、感嘆、應答、呼喚。 はい　　いいえ
9	助動詞 （じょどうし）	接在動詞、形容詞、形容動詞、助動詞之後，補助其意。 ます　　ない　　たい
10	助詞 （じょし）	接在單字之後，表語句間的關係或說明語句之意義。 は　　が　　へ

第一課

単語
たんご

0	わたし	私	我
1	りん	林	林（姓）
1	かれ	彼	他
	～さん		接於姓或名之後，表尊敬
1	こうさん	黄さん	黄先生（小姐）
3	わたしたち	私達	我們
0	がくせい	学生	學生
2	あなた		你
4	あなたがた		你們
1	かのじょ	彼女	她
1	かれら	彼ら	他(她)們
3	せんせい	先生	老師

文型
ぶんけい

〜は〜だ。　　　　（常體）

〜は〜です。　　　（敬體）

〜は〜である。　　（論文體）

私は林です。
わたし　りん

彼は黄さんです。
かれ　こう

私達は学生です。
わたしたち　がくせい

彼は黄さんです。
かれ　こう

林です。
りん

私達は学生です。
わたしたち　がくせい

解説

主詞	は	述詞	です。

助詞　　　　　　　　　　　　　　斷定助動詞
當助詞時，不唸「ha」而唸「wa」　　敬體
文法作用乃「提示主詞」　　　　　相當於中文的「是」

（～是～。）

斷定助動詞

斷定助動詞	文體	使用場合
だ	常　體	自言自語；上對下的談話；與親暱者之交談。
です	敬　體	爲表禮貌、尊敬、用於一般會話。
である	論文體	用於論述、論文、專業資料之書寫。

人稱代名詞

中文 單、複數	我	你	他（她）
單數	私 （わたし）	あなた	彼（男）（かれ）、彼女（女）（かのじょ）
複數	私達 （わたしたち）	あなたがた	彼ら（かれ）

練習

文體 ＼ 中文	她是老師。
常　體	
敬　體	
論文體	

単語

4	にほんじん	日本人	日本人
0	にほんご	日本語	日文
1	ほん	本	書
1	きょう	今日	今天
3	すいようび	水曜日	星期三
0	これ		這個
0	えいご	英語	英語
1	じしょ	辞書	字典

~は~ではない。　　（~は~ではありません。）

（常體）　　　　　　　（敬體）

~は~じゃない。　　（~は~じゃありません。）

（常體）　　　　　　　（敬體）

わたし　　にほんじん
私は日本人ではありません。

にほんご　　ほん
これは日本語の本ではありません。

きょう　　すいようび
今日は水曜日ではありません。

中文	星期一	星期二	星期三	星期四
日文	げつようび 月曜日	かようび 火曜日	すいようび 水曜日	もくようび 木曜日
中文	星期五	星期六	星期日	星期幾
日文	きんようび 金曜日	どようび 土曜日	にちようび 日曜日	なんようび 何曜日

解説

1.

文體	肯定	否定
常　體	だ	ではない
論文體	である	
敬　體	です	ではありません

2. 「ではない」、「ではありません」的口語爲「じゃない」、「じゃありません」，「では」的口語，常發爲「じゃ」的音。

3. 「の」：助詞，用於名詞與名詞的連接，相當於中文的「的」。

練習
<ruby>れんしゅう</ruby>

文體	中文	這（不）是英文辭典。
常 體	肯定	
	否定	
論文體	肯定	
	否定	
敬 體	肯定	
	否定	

たんご
単語

⓪	この	這個（連體詞）
⓪	その	那個（連體詞）
⓪	あの	那個（連體詞）
①	どの	哪個（連體詞）
⓪	これ	這個
⓪	それ	那個
⓪	あれ	那個
①	どれ	哪個
⓪	ここ	這裡
⓪	そこ	那裡
⓪	あそこ	那裡
①	どこ	哪裡
⓪	こちら	這邊
⓪	そちら	那邊

⓪	あちら		那邊
①	どちら		哪邊
①	なに	何	什麼
②	きかい	機械	機器；機械
①	いくら		多少錢
⓪	りんご		蘋果
③	にひゃくえん	200円	二百元日幣
⓪	すずきさん	鈴木さん	鈴木先生（小姐）
③	こうじょう	工場	工廠
②	たかはしさん	高橋さん	高橋先生（小姐）
⓪	うち	家	家
⓪	びょういん	病院	醫院
③	ひがし	東	東邊
⓪	えんぴつ	鉛筆	鉛筆
⓪	くうこう	空港	機場
⓪	にし	西	西邊

<ruby>文<rt>ぶんけい</rt></ruby>型

こそあど體系

〜ですか。

一、指示名詞

A：これは<ruby>何<rt>なん</rt></ruby>ですか。

B：それは<ruby>機械<rt>き かい</rt></ruby>です。

A：あれはいくらですか。

B：どれですか。

A：あのりんごです。

B：あれは<ruby>200円<rt>にひゃくえん</rt></ruby>です。

あれは
いくらですか。

二、指示場所

ここは<ruby>鈴木<rt>すず き</rt></ruby>さんの<ruby>工場<rt>こうじょう</rt></ruby>です。

そこは<ruby>高橋<rt>たかはし</rt></ruby>さんの<ruby>家<rt>うち</rt></ruby>です。

あそこは<ruby>病院<rt>びょういん</rt></ruby>です。

三、指示方向

　　A：どちらが 東 ですか。

　　B：こちらが 東 です。

解説

1. こそあど體系：乃指示事物、場所、方向的指示代名詞。

　　こ（近稱）：乃指近在自己身邊。

　　そ（中稱）：乃指離自己身邊稍遠。

　　あ（遠稱）：乃指離自己身邊更遠。

　　ど（不定稱）：不確知指示何事物、場所、方向。

こそあど體系

稱呼 指示項目	近稱	中稱	遠稱	不定稱
連體詞	この	その	あの	どの
事　物	これ	それ	あれ	どれ
場　所	ここ	そこ	あそこ	どこ
方　向	こちら	そちら	あちら	どちら
方向 （口語）	こっち	そっち	あっち	どっち

2. 「この，その，あの，どの」爲連體詞，後面可直接連接名詞，例如：「この本，その本，あの本，どの本」，翻譯爲「這本書、那本書、那本書、哪本書」。

3. 「何（なに）」後接[n]、[d]、[t]的子音時，唸音改變爲「何（なん）」。

　例如：何（なん）　ですか。
　　　　　[de]

4. 「か」：助詞，表疑問，位於句尾。中譯爲「～嗎？」，正式的日文文章疑問助詞「か」後面的標點符號爲句點「。」。

5. A：<u>どちら</u>　<u>が</u>　東^{ひがし}ですか。
　　　疑問詞　　助詞

以疑問詞為主詞時，
主詞提示用 "が"

B：こちら　<u>が</u>　東^{ひがし}です。
　　　　　　助詞
問句用 "が" 問，答句也用 "が" 回答

練習^{れんしゅう}

請將下列中文翻譯為日文

1. 這本書是日文書。

2. 這是鉛筆。

3. 那裡是機場。

4. 這邊是西邊。

たん ご
単語

3	あした	明日	明天
1	あめ	雨	雨
1	たぶん	多分	大概
1	そう		那様
3	コンピューター		電脳（computer）
0	～せい	～製	～製
0	にほんせい	日本製	日本製
3	いいえ		不
0	たいわんせい	台湾製	台灣製

文型
<small>ぶんけい</small>

~は~だろう。　　　　（常體）

~は~でしょう。　　　　（敬體）

~は~であろう。　　　　（論文體）

A：明日は雨でしょう。
<small>あした　　あめ</small>

B：多分そうでしょう。
<small>た　ぶん</small>

A：このコンピューターは日本製でしょう。
<small>に ほんせい</small>

B：いいえ、台湾製です。
<small>たいわんせい</small>

日本製でしょう。

台湾製です。

解説
<small>かいせつ</small>

1. 明日 は 雨 でしょう。
<small>あした</small> <small>あめ</small>

　　　助詞
　　　[wa]
　　提示主詞　　　「です」斷定助動詞之推測
　　　　　　　　　「大概是……吧」

文體＼中文	肯　定	推　測
常體	だ	だろう
敬體	です	でしょう
論文體	である	であろう

2. 副詞「多分」的後面多接推測語氣。
<small>た ぶん</small>

　　例如：「多分〜でしょう。」
　　　　　　<small>た ぶん</small>

3. 感歎詞「はい」、「いいえ」，相當於中文的「はい」
　　（是）、「いいえ」（不是）。

　　例如：　A：これはあなたの本ですか。
　　　　　　　　　　　　　　<small>ほん</small>

　　　　　　B：はい、そうです。（肯定）

　　　　　　　　いいえ、そうではありません。（否定）

練習
れんしゅう

中文 文體	他們是日本人。	他們大概是日本人。
常　體		
敬　體		
論文體		

たんご
単語

0	かばん	鞄	書包；皮包
0	なかむらさん	中村さん	中村先生（小姐）
3	かいぎしつ	会議室	會議室
0	つくえ	机	桌子；書桌
0	うえ	上	上面
0	きょうしつ	教室	教室
1	なか	中	裡面
1 3	ちんせんせい	陳先生	陳老師
0	きょうむか	教務課	教務處
0	ひきだし	引き出し	抽屜
3	エンジニア		工程師（engineer）
1	ある		有；在（無生命）
3	あります		
0	いる		有；在（有生命）
2	います		

文型
ぶんけい

常體	敬體
〜にある。	〜にあります。
〜にいる。	〜にいます。
〜がある。	〜があります。
〜がいる。	〜がいます。

鞄(かばん)はそこにあります。

中村(なかむら)さんは会議室(かいぎしつ)にいます。

机(つくえ)の上(うえ)には鉛筆(えんぴつ)があります。

教室(きょうしつ)の中(なか)には学生(がくせい)がいます。

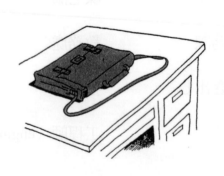

〜にあります

〜にいます

解説

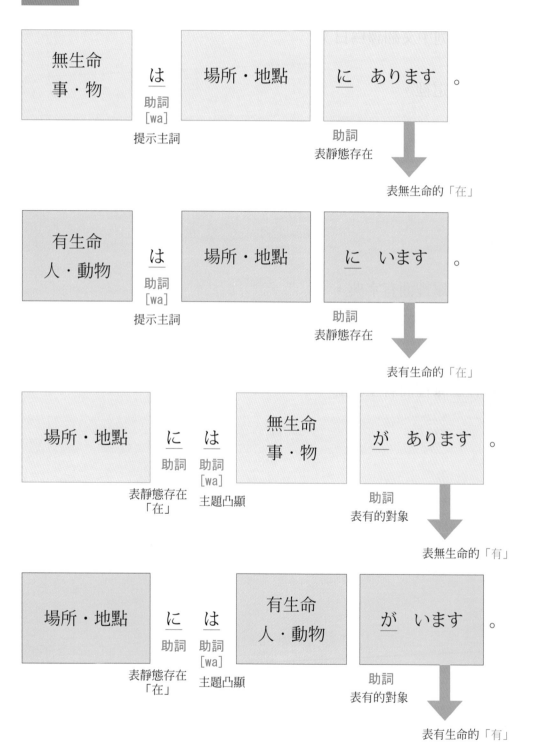

無生命 事・物	は	場所・地點	に あります。

助詞 [wa]
提示主詞

助詞
表静態存在

→ 表無生命的「在」

有生命 人・動物	は	場所・地點	に います。

助詞 [wa]
提示主詞

助詞
表静態存在

→ 表有生命的「在」

場所・地點	に	は	無生命 事・物	が あります。

助詞
表静態存在
「在」

助詞 [wa]
主題凸顯

助詞
表有的對象

→ 表無生命的「有」

場所・地點	に	は	有生命 人・動物	が います。

助詞
表静態存在
「在」

助詞 [wa]
主題凸顯

助詞
表有的對象

→ 表有生命的「有」

請將下列中文翻譯為日文

1. 書在這裡。

2. 陳老師在教務處。

3. 在抽屜裡面有字典。

4. 在工廠裡面有工程師。

たん ご
単語

1	まいあさ	毎朝	每天早上
0	しんぶん	新聞	報紙
2	きのう	昨日	昨天
1	リーさん	李さん	李先生（小姐）
0	がっこう	学校	學校
1	よむ	読む	讀
3	よみます	読みます	
0	いく	行く	去
3	いきます	行きます	
1	みる	見る	看
2	みます	見ます	
2	たべる	食べる	吃
3	たべます	食べます	

文型

～を　動詞

～へ　移動性動詞

私は毎朝新聞を読みます。

私は毎朝新聞を読みません。

私は昨日新聞を読みました。

私は昨日新聞を読みませんでした。

李さんは今日学校へ行きます。

李さんは今日学校へ行きません。

李さんは昨日学校へ行きました。

李さんは昨日学校へ行きませんでした。

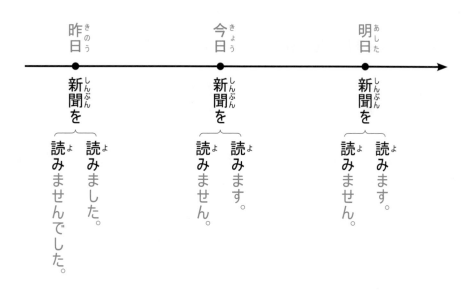

昨日（きのう）新聞（しんぶん）を　読（よ）みました。／読（よ）みませんでした。

今日（きょう）新聞（しんぶん）を　読（よ）みます。／読（よ）みません。

明日（あした）新聞（しんぶん）を　読（よ）みます。／読（よ）みません。

1. 中文句子的語順為：

主詞　＋　動詞　＋　受詞

例如：

我　　讀　　報紙。
S　　V　　O

但是，日文句子的語順為：

主詞　＋　受詞　＋　動詞

例如：

私（わたし）	は	新聞（しんぶん）	を	読（よ）みます。
	助詞 [wa]		助詞	
S	提示主詞	O	表動作對象	V
我		報紙		讀

2. V_二 ます：「ます」為助動詞，接於動詞第二變化連用形之後，表語氣的禮貌、鄭重，表動詞的敬體。

例如：　<ruby>読<rt>よ</rt></ruby>む ───────➤ <ruby>読<rt>よ</rt></ruby>みます
　　　　常體　　　　　　　　　　敬體

3. 「<ruby>毎朝<rt>まいあさ</rt></ruby>」、「<ruby>昨日<rt>きのう</rt></ruby>」、「<ruby>今日<rt>きょう</rt></ruby>」……等時間名詞，可作為時間副詞，用來直接修飾後面的動詞或句子。

4. 「へ」：助詞，表方向，當助詞時不念[he]，而唸[e]。

<ruby>練習<rt>れんしゅう</rt></ruby>

常體 (原形) ＼ 時式	肯　定		否　定	
	現在・未來	過去	現在・未來	過去
ある	あります			
いる	います			
<ruby>見<rt>み</rt></ruby>る	<ruby>見<rt>み</rt></ruby>ます			
<ruby>食<rt>た</rt></ruby>べる	<ruby>食<rt>た</rt></ruby>べます			

第七課

だいななか

単語
たんご

1	まいにち	毎日	每天
2	ろくじ	六時	六點
0	そして		然後
0	それから		然後
2	すこし	少し	一點點
1	ごはん	御飯	飯
0	かいしゃ	会社	公司
1	ぶん	文	句子
4	いもうと	妹	（向別人提起自己的）妹妹
1	いま	今	現在
2	へや	部屋	房間
0	べんきょうする	勉強する	讀書、學習
6	べんきょうします	勉強します	

49

②	おきる	起きる	⎫ 起床
③	おきます	起きます	⎭
⓪	ねる	寝る	⎫ 睡覺
②	ねます	寝ます	⎭
⓪	きる	着る	⎫ 穿
②	きます	着ます	⎭

文型
<ruby>文型<rt>ぶんけい</rt></ruby>

V₂て

V₂て<ruby>下<rt>くだ</rt></ruby>さい

V₂ています

<ruby>私<rt>わたし</rt></ruby>は<ruby>毎日六時<rt>まいにちろくじ</rt></ruby>に<ruby>起<rt>お</rt></ruby>きて、そして、<ruby>少<rt>すこ</rt></ruby>し<ruby>御飯<rt>ごはん</rt></ruby>を<ruby>食<rt>た</rt></ruby>べて、

それから、<ruby>会社<rt>かいしゃ</rt></ruby>へ<ruby>行<rt>い</rt></ruby>きます。

この<ruby>文<rt>ぶん</rt></ruby>を<ruby>読<rt>よ</rt></ruby>んで<ruby>下<rt>くだ</rt></ruby>さい。

<ruby>妹<rt>いもうと</rt></ruby>は<ruby>今<rt>いま</rt></ruby><ruby>部屋<rt>へや</rt></ruby>で<ruby>勉強<rt>べんきょう</rt></ruby>しています。

<ruby>起<rt>お</rt></ruby>きる　　　　　<ruby>食<rt>た</rt></ruby>べる

<ruby>行<rt>い</rt></ruby>く

解説

1. V⁼て：「て」為助詞，接於動詞第二變化連用形之後，其含意視前後文有二種：

(1) 然後（表動作的接續、繼起）

例如：御飯を食べて、会社へ行きます。

（吃飯，然後去公司。）

(2) 句子的連接（後接補助動詞）

例如：V⁼て下さい（請……）
<u>補助動詞</u>

V⁼ています { ① 表正在進行
<u>補助動詞</u>   ② 表狀態

2. 「に」：助詞，表時間定點。

3. 「毎日」、「毎朝」、「今日」、「昨日」、「今」……等時間名詞，可作為時間副詞，用來直接修飾後面的動詞或句子，不須要加表時間定點的助詞「に」。

4. 「読んで」：不是「読みて」而是「読んで」是為「鼻音便」。（請參閱第15課）

5. 「で」：助詞，表動作場所，後接動作性動詞。中譯為「在」。

練習 _{れんしゅう}

	V‐ます 敬體	V‐て 然後	V‐て下さい 請……	V‐ています ①表正在進行 ②表狀態
起きる	起きます			
勉強する	勉強します			
寝る	寝ます			
着る	着ます			

NOTE

たん ご
単語

⓪	やまもとさん	山本さん	山本先生（小姐）
①	おんがく	音楽	音樂
⓪	おちゃ	お茶	茶
⓪	ざっし	雑誌	雜誌
②	おかし	お菓子	糕點
②	あるく	歩く	⎫ 走路
④	あるきます	歩きます	⎭
⓪	きく	聞く	⎫ 聽；問
③	ききます	聞きます	⎭
⓪	しょくじする	食事する	⎫ 吃飯
⑤	しょくじします	食事します	⎭
①	のむ	飲む	⎫ 喝
③	のみます	飲みます	⎭

V－ながら

山本さんは歩きながら、音楽を聞きます。

彼女は食事しながら、お茶を飲みます。

彼は雑誌を読みながら、お菓子を食べます。

音楽を聞く

歩く

解説

V－ながら： 「ながら」爲助詞，接於動詞第二段變化連用形
之後，表兩個動作同時進行，中譯爲「一邊……
一邊……」。

練習

	V－ます 敬體	V－ながら 一邊……一邊……
歩く（ある）	歩きます（ある）	
聞く（き）	聞きます（き）	
飲む（の）	飲みます（の）	
読む（よ）	読みます（よ）	
食べる（た）	食べます（た）	
食事する（しょくじ）	食事します（しょくじ）	

NOTE

たん ご
単語

2	にほん	日本	日本
1	えいが	映画	電影
0	おさけ	お酒	酒
0	おさしみ	お刺身	生魚片
2	つくる	作る	做；製作
4	つくります	作ります	

～がV－たい（です）。

私は日本の映画が見たいです。

私はお酒が飲みたいです。

あなたもお刺身が食べたいですか。

解説
かいせつ

1. V_たい：「たい」為助動詞，接於動詞第二段變化連用形之後，中譯為「想……」。加上斷定助動詞的「です」，則為敬體。

2. が：助詞，表欲望的對象。

3. お：接頭語，接於單字之前，視前後文，表尊敬或美化。

   例如：尊敬：お父さん

   美化：お酒　　お刺身

4. も：助詞，相當於中文的「也」。

	V₋ます 敬體	V₋ たい（です） （想……）常體　敬體
み 見る	み 見ます	
の 飲む	の 飲みます	
た 食べる	た 食べます	
つく 作る	つく 作ります	

第十課
だ い じっ か

動詞的分類(1)

一、動詞的特質

動詞原形語尾以「う段音」結尾。動詞的語幹是不變化的，而語尾則會產生變化。

起きる
お
語幹 語尾
　　　[ru]

食べる
た
語幹 語尾
　　　[ru]

書く
か
語幹 語尾
　　　[ku]

不動如山　　　　我變！我變！
　　　　　　　　我變、變、變！！！

二、動詞的種類

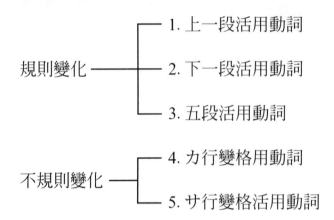

規則變化
 ├─ 1.上一段活用動詞
 ├─ 2.下一段活用動詞
 └─ 3.五段活用動詞

不規則變化
 ├─ 4.カ行變格用動詞
 └─ 5.サ行變格活用動詞

三、辨別方法

1. 上一段活用動詞：動詞原形語尾為「る」，而「る」前面的發音為「い段音」者。

<ruby>起<rt>お</rt></ruby>きる　　<ruby>落<rt>お</rt></ruby>ちる　　<ruby>見<rt>み</rt></ruby>る
ki　　　　chi　　　　mi

2. 下一段活用動詞：動詞原形語尾為「る」，而「る」前面的發音為「え段音」者。

<ruby>食<rt>た</rt></ruby>べる　　<ruby>続<rt>つづ</rt></ruby>ける　　<ruby>寝<rt>ね</rt></ruby>る
be　　　　ke　　　　ne

3. 五段活用動詞：

(1) 凡動詞原形語尾不是「る」者，皆爲五段活用動詞。

<ruby>書<rt>か</rt></ruby>く　　<ruby>泳<rt>およ</rt></ruby>ぐ　　<ruby>話<rt>はな</rt></ruby>す　　<ruby>待<rt>ま</rt></ruby>つ

<ruby>死<rt>し</rt></ruby>ぬ　　<ruby>遊<rt>あそ</rt></ruby>ぶ　　<ruby>読<rt>よ</rt></ruby>む　　<ruby>買<rt>か</rt></ruby>う

(2) 動詞原形語尾爲「る」，而「る」前面的發音，既非「い段音」，也非「え段音」者，仍爲五段活用動詞。

<ruby>売<rt>う</rt></ruby>る　　　<ruby>取<rt>と</rt></ruby>る　　　<ruby>分<rt>わ</rt></ruby>かる

4. カ行變格活用動詞：只有「<ruby>来<rt>く</rt></ruby>る」此動詞。

5. サ行變格活用動詞：由「漢語性名詞」配合「する」所構成。

<ruby>勉強<rt>べんきょう</rt></ruby>する　　<ruby>残業<rt>ざんぎょう</rt></ruby>する　　<ruby>結婚<rt>けっこん</rt></ruby>する

練習
<small>れんしゅう</small>

請將下列動詞加以分類

借りる（か）　教える（おし）　実習する（じっしゅう）　働く（はたら）　できる

組み立てる（く・た）　開ける（あ）　着る（き）　始める（はじ）　返す（かえ）

運ぶ（はこ）　いる　ある　浴びる（あ）　読む（よ）

換える（か）　解決する（かいけつ）　来る（く）　調整する（ちょうせい）　使う（つか）

打つ（う）　死ぬ（し）

上一段活用動詞	1.	2.	3
	4.	5.	

下一段活用動詞	1.	2.	3
	4.	5.	

五段活用動詞	1.	2.	3
	4.	5.	6.
	7.	8.	

カ行變格活用動詞	

サ行變格活用動詞	1.	2.	3

第十一課

<ruby>第<rt>だい</rt></ruby><ruby>十<rt>じゅう</rt></ruby><ruby>一<rt>いっ</rt></ruby><ruby>課<rt>か</rt></ruby>

動詞的分類(2)

如第十課所述五段活用動詞的辨別方法爲：

1. 凡動詞原形語尾不是「る」者。

2. 動詞原形語尾爲「る」，而「る」前面的發音，既非「い段音」，也非「え段音」者。

除此之外，以下兩項例外，亦爲五段活用動詞。

3. 「<ruby>知<rt>し</rt></ruby>る」、「<ruby>切<rt>き</rt></ruby>る」、「<ruby>要<rt>い</rt></ruby>る」、「<ruby>減<rt>へ</rt></ruby>る」、「<ruby>照<rt>て</rt></ruby>る」……等動詞，照第十課的辨別方法應分別爲上、下一段活用動詞，但「<ruby>知<rt>し</rt></ruby>る」、「<ruby>切<rt>き</rt></ruby>る」、「<ruby>要<rt>い</rt></ruby>る」、「<ruby>減<rt>へ</rt></ruby>る」、「<ruby>照<rt>て</rt></ruby>る」……等動詞乃屬例外，爲五段活用動詞。

4. 漢字內只有兩個假名的「<ruby>走<rt>はし</rt></ruby>る」、「<ruby>帰<rt>かえ</rt></ruby>る」、「<ruby>入<rt>はい</rt></ruby>る」、「<ruby>限<rt>かぎ</rt></ruby>る」、「<ruby>焦<rt>あせ</rt></ruby>る」……等語尾「る」前的發音，雖爲「い段音」、「え段音」，但「い段音」、「え段音」在漢字之內，其屬例外，並非上、下一段活用動詞，而屬於五段活用動詞。

れんしゅう
練 習

請將下列動詞加以分類

ほ 褒める	もち 用いる	しめ 示す	く 来る	しつれい 失礼する
し 知る	い 要る	い 居る	かえ 帰る	か 換える
き 切る	き 着る	しん 信じる	な 慣れる	しゅうり 修理する
すす 進む	おも 重んじる	と 止まる	ちゅうい 注意する	し 死ぬ
わら 笑う	つ 付ける	パスする	た 足りる	た 立つ
あんしん 安心する	おどろ 驚く	まな 学ぶ	かんが 考える	いそ 急ぐ
か 掛ける				

上一段活用動詞

下一段活用動詞

五段活用動詞

カ行變格活用動詞

サ行變格活用動詞

NOTE

第十二課

自動詞 和 他動詞

一、英語的動詞可分爲「不及物動詞」和「及物動詞」。

  不及物動詞（v.i.）：   V＋介係詞＋受詞

           look at you

  及物動詞（v.t.）：   V＋受詞

           watch you

二、日語的動詞可分爲「自動詞」和「他動詞」。

  自動詞：自然而生的現象、動作。原則上，前面的助詞用
      「が」。（主詞無法掌控的）

  他動詞：刻意地針對某人、事、物而進行之動作、行動。原則
      上，前面的助詞用「を」。（主詞可以掌控的）

71

1. 只有自動詞的動作：来る、ある、いる……等。

2. 只有他動詞的動作：読む、飲む、聞く……等。

3. 自他動詞皆有的動詞，則具有同一語幹互相對應。

    ┌ 直る（自動詞）

    └ 直す（他動詞）

    ┌ 動く（自動詞）

    └ 動かす（他動詞）

    ┌ 壊れる（自動詞）

    └ 壊す（他動詞）

第十三課
<ruby>第十三課<rt>だいじゅうさんか</rt></ruby>

如何查日華辭典

　　日華辭典的單字編排乃是按照「あ、い、う、え、お、か、き、く、け、こ……」的五十音順所編排。日華辭典上所列的單字之後，對該單字都有簡略的說明。

　　例如：

<ruby>起<rt>お</rt></ruby>きる　　　（自　上一）
　　　　　　　　自動詞　上一段活用動詞

<ruby>食<rt>た</rt></ruby>べる　　　（他　下一）
　　　　　　　　他動詞　下一段活用動詞

<ruby>行<rt>い</rt></ruby>く　　　　（自　五）
　　　　　　　　自動詞　五段活用動詞

<ruby>読<rt>よ</rt></ruby>む　　　　（他　五）
　　　　　　　　他動詞　五段活用動詞

<ruby>来<rt>く</rt></ruby>る　　　　（自　カ）
　　　　　　　　自動詞　カ行變格活用動詞

<ruby>勉強<rt>べんきょう</rt></ruby>する　（名・他　サ）
　　　　　　　　名詞　他動詞　サ行變格活用動詞

お　　　　　　　き　　　　　　　る

起きる
（起床）

請參閱十大品詞、動詞的分類(1)(2)、自・他動詞，試查以下單字。

1. 家

2. お～

3. ～方

4. 消しゴム

5. ベランダ

6. この

7. おいしい

8. 綺麗だ

9. 心配

10. 尻が長い

11. 引く

12. 困る

13. 見る

14. 寝る

15. 来る

第二變化—連用形

一、動詞第二變化連用形，可連接助動詞、助詞以補助原有動詞之意。

1. 主要連接之助動詞

V₌ます　　（表語氣的禮貌、鄭重）

V₌たい　　（想……）

V₌た　　　（常體過去式）

2. 主要連接之助詞

V₌て　　　①然後，表動作的接續、繼起
　　　　　②表中止形

V₌ながら　（一邊……一邊……）

3. 表中止形

顧名思義，「中止形」為「中間停止形」，用來中間停止該句子，並承接下一個句子。日語的中止形有「書面語言中止形」和「口語中止形」。

動詞原形	中止形	
	書面語言	口語
起きる	起き	起きて
話す	話し	話して

二、規則變化

1. $\left\{\begin{array}{c}\text{上一段}\\\text{下一段}\end{array}\right\}$ 活用動詞：直接去語尾「る」＋ $\left\{\begin{array}{c}\text{ます、たい、}\\\text{た、て、ながら}\end{array}\right\}$

起きるます　　食べるます

上一段　　　　下一段

2. 五段活用動詞：將語尾改為該語尾那行的「い段音」。

かきくけこ：書く → 書き きます
たちつてと：待つ → 待ち ちます

がぎぐげご：泳ぐ → 泳ぎ ぎます
なにぬねの：死ぬ → 死に にます

さしすせそ：話す → 話し します
ばびぶべぼ：遊ぶ → 遊び びます

読(よ)む
み
みます

ま
み
む
め
も

※買(か)う
い
います

わ
い
う
え
お

売(う)る
り
ります

ら
り
る
れ
ろ

3. カ行變格活用動詞「来る」：「来(き)」＋ { ます、たい、
た、て、ながら }

来(く)る ➡ 来(き)＋ます

4. サ行變格活用動詞「する」：「し」＋ { ます、たい、
た、て、ながら }

する ➡ し＋ます

動詞原形 常體	V_ます 敬體	V_ながら 一邊……一邊……	V_たい 想……
み 見る			
はじ 始める			
お 置く			
か 貸す			
た 立つ			
し 死ぬ			
よ 呼ぶ			
やす 休む			
い 要る			
い 言う			
く 来る			
べんきょう 勉強する			

練習 2

1. 我每天早上四點起床。

　　私 は毎朝4時＿＿＿＿＿ ＿＿＿＿＿＿＿＿＿＿ます。
　　　　　　　　　　　　　　　　（起きる）

2. 劉先生昨天打電話給我。

　　劉 さんは昨日 私 に電話＿＿＿＿＿ ＿＿＿＿＿＿＿＿＿ました。
　　　　　　　　　　　　　　　　　　　(掛ける)

3. 他正一邊看報紙，一邊喝著咖啡。

　　彼は新聞＿＿＿＿＿ ＿＿＿＿＿＿＿＿＿＿ながら、
　　　　　　　　　　　　　(読む)

　　コーヒー＿＿＿飲んでいます。

4. 我想去日本。

　　私 は日本＿＿＿＿＿ ＿＿＿＿＿＿＿＿＿たいです。
　　　　　　　　　　　　　　　　　(行く)

5. 她每天晚上看電視，然後稍微散點兒步，然後睡覺。

彼女（かのじょ）は毎晩（まいばん）テレビ_____ _____て、そして、
(見（み）る)

ちょっと_____て、それから_____ます。
(散歩（さんぽ）する)　　　　　　　　(寝（ね）る)

音便

一、五段活用動詞的第二變化連用形，後面接「て」、「ても」、「た」、「たり」……等助詞或助動詞時，爲發音之便，會另外產生變化，稱之爲「音便」。而音便又可以分爲「い音便」、「促音便」、「鼻音便」。

$$
\underset{\text{おんびん}}{音便}\left\{
\begin{array}{l}
1.\underset{\text{おんびん}}{い音便}\\[1em]
2.\underset{\text{そくおんびん}}{促音便}\\[1em]
3.\underset{\text{びおんびん}}{鼻音便}
\end{array}
\right.
$$

二、音便的規則：

1. い音便（五段活用動詞語尾爲く・ぐ）

書く ── 書きます ➡ 書い $\left\{\begin{array}{l}て、ても\\た、たり……\end{array}\right\}$

泳ぐ ── 泳ぎます ➡ 泳い $\left\{\begin{array}{l}で、でも\\だ、だり……\end{array}\right\}$

例外 行く ── 行きます ➡ 行っ $\left\{\begin{array}{l}て、ても\\た、たり……\end{array}\right\}$

2. 促音便（五段活用動詞語尾爲う・つ・る）

買う ―― 買います ➡ 買っ $\left\{\begin{array}{l}て、ても \\ た、たり……\end{array}\right\}$

待つ ―― 待ちます ➡ 待っ $\left\{\begin{array}{l}て、ても \\ た、たり……\end{array}\right\}$

売る ―― 売ります ➡ 売っ $\left\{\begin{array}{l}て、ても \\ た、たり……\end{array}\right\}$

3. 鼻音便（五段活用動詞語尾爲ぬ・ぶ・む）

死ぬ ―― 死にます ➡ 死ん $\left\{\begin{array}{l}で、でも \\ だ、だり……\end{array}\right\}$

遊ぶ ―― 遊びます ➡ 遊ん $\left\{\begin{array}{l}で、でも \\ だ、だり……\end{array}\right\}$

読む ―― 読みます ➡ 読ん $\left\{\begin{array}{l}で、でも \\ だ、だり……\end{array}\right\}$

動詞原形 常體	V_ます 敬體	V_て下さい 請……	V_ています ①正在進行 ②狀態
できる			
教える			
働く			
急ぐ			
渡す			
打つ			
死ぬ			
運ぶ			
住む			
帰る			
言う			
来る			
勉強する			

動詞原形 常體	V＿た 常體過去式	V＿ました 敬體過去式
できる		
教える		
働く		
急ぐ		
渡す		
打つ		
死ぬ		
運ぶ		
住む		
帰る		
言う		
来る		
勉強する		

動詞原形 常體	V－ても 即使……	V－たり ……啦（表動作的列舉）
できる		
教える		
働く		
急ぐ		
渡す		
打つ		
死ぬ		
運ぶ		
住む		
帰る		
言う		
来る		
勉強する		

練習2

1. 請填寫這份文件。

　　　この書類を＿＿＿＿＿て下さい。
　　　　　　　　　　　（書く）

2. 廠長住在台北。

　　　工場長は台北に＿＿＿＿＿でいます。
　　　　　　　　　　　　　（住む）

3. 即使說了，他大概也不懂吧！

　　　＿＿＿＿＿ても、彼も分からないでしょう。
　　　（言う）

4. 張小姐每天都在家裡看書啦，聽音樂啦。

　　　張さんは毎日家＿＿＿＿本を＿＿＿＿だり、
　　　　　　　　　　　　　　　　（読む）

　　　音楽を＿＿＿＿たりします。
　　　　　　　（聞く）

5. 好累喔！

　　　＿＿＿＿＿た。（常體過去式，表自言自語）
　　　（疲れる）

第三變化－終止形
第四變化－連體形

一、第三變化終止形：即動詞原形，表常體終止。

　　　　彼も行く。　　　　（常體）

　　　　彼も行きます。　　（敬體）

二、第四變化連體形：即動詞原形，主要連接體言（名詞），故稱
　　爲連體形。亦即日語的動詞原形有形容詞的作用，可直接形容
　　名詞。

時　　　　　　　　人　　　　　　　　事

↓　　　　　　　　↓　　　　　　　　↓

帰るとき　　　　　待つ人　　　　　　する事
（回家的時候）　　（等待的人）　　　　（做的事）

動詞原形	第三變化終止形 V三（動詞原形）	第四變化連體形 V四＋名詞
上一段 見る	私は映画を見る。	映画を見る人は誰ですか。
下一段 寝る	私は九時に寝る。	九時に寝る人は誰ですか。
五段 飲む	私はコーヒーを飲む。	コーヒーを飲む人は誰ですか。
カ行變格 来る	今日ここへ来る。	ここへ来る人は誰ですか。
サ行變格 勉強する	私は日本語を勉強する。	日本語を勉強する人は誰ですか。

練習
（れんしゅう）

1. 我要看電影。

私は映画を＿＿＿＿＿＿。 （常體）
（見る）

私は映画を＿＿＿＿＿＿ます。 （敬體）
（見る）

2. 我也要吃壽司。

私も寿司を＿＿＿＿＿＿。 （常體）
（食べる）

私も寿司を＿＿＿＿＿＿ます。 （敬體）
（食べる）

3. 要去日本的人，請舉手。

日本へ＿＿＿＿＿＿人は、手を挙げて下さい。
（行く）

4. 要回家的時候，請通知我。

家へ＿＿＿＿＿＿時、私に知らせて下さい。
（帰る）

5. 「思考」這件事是很重要的。

　　＿＿＿＿＿事は大切です。
　　　　こと　　たいせつ

　（考える）
　　かんが

第五變化－假定形

一、第五變化假定形：乃表假定，相當於中文的「如果……」。

二、變化規則

1. $\left\{\begin{array}{l}\text{上一段}\\\text{下一段}\end{array}\right\}$活用動詞：去語尾「る」＋「れ」＋「ば」

　　　　　　　　　　　　　　　　　　　　（助詞，表假定）

　　　　起きる̸れば　　　食べる̸れば

2. 五段活用動詞：將語尾改爲該語尾那行的「え段音」＋「ば」

　　　　　　　　　　　　　　　　　　　　（助詞，表假定）

さしす𝖾そ　　　　が𝗀ぎぐご　　　　か𝗄きく𝖼

話す̸　　　　　　泳ぐ̸　　　　　　書く̸

せば　　　　　　げば　　　　　　けば

ばびぶ𝖻ぼ　　　な𝗇にぬ𝗇の　　　た𝗍ちつ𝗍と

遊ぶ̸　　　　　　死ぬ̸　　　　　　待つ̸

べば　　　　　　ねば　　　　　　てば

91

売る
らりるれろ
れば

※買ふ
わいうえお
えば

読む
まみむめも
めば

3. カ行變格活用動詞「来る」：「来れ」＋「ば」

（助詞，表假定）

　　　来る　➡　来れ＋ば

4. サ行變格活用動詞「する」：「すれ」＋「ば」

（助詞，表假定）

　　　する　➡　すれ＋ば

動詞原形	V_五ば 如果……
み 見る	
はじ 始める	
お 置く	
いそ 急ぐ	
か 貸す	
た 立つ	
し 死ぬ	
よ 呼ぶ	
やす 休む	
し 知る	
い 言う	
く 来る	
べんきょう 勉 強 する	

練習2

1. 如果3點起床，就來得及。

　　３時に＿＿＿＿＿＿、間に合います。
　　　　　　（起きる）

2. 如果吃了就知道。

　　＿＿＿＿＿＿、分かります。
　　　（食べる)

3. 如果每天寫作文的話，英文就會進步。

　　毎日作文を＿＿＿＿＿＿、英語が上達します。
　　　　　　　（書く)

4. 如果看報紙，就會了解那事件。

　　新聞を＿＿＿＿＿＿、その事件が分かります。
　　　　　（読む)

5. 如果說出那事實，大概可以化解誤會吧！

　　あの事実を＿＿＿＿＿＿、多分誤解が解けるでしょう。
　　　　　　　（話す)

第六變化—命令形

一、第六變化命令形：表強烈的命令。

1. ⎰上一段⎱ 活用動詞⎰
　⎱下一段⎱

　　(1) 書面語言命令形：去語尾「る」＋「よ」

　　　　起きる＋よ　　　食べる＋よ

　　(2) 口語命令形：去語尾「る」＋「ろ」

　　　　起きる＋ろ　　　食べる＋ろ

2. 五段活用動詞：將語尾改爲該語尾那行的「え段音」。

　　　　　　か　　　　　　　　が　　　　　　　　さ
　　　　　　き　　　　　　　　ぎ　　　　　　　　し
　　　　　　く　　　　　　　　ぐ　　　　　　　　す
　　書く　け　　　　泳ぐ　げ　　　話す　せ　　　せ
　　　　　け　　　　　　　　げ　　　　　　　　せ　　そ
　　　　　こ　　　　　　　　ご

　　　　　た　　　　　　　　な　　　　　　　　ば
　　　　　ち　　　　　　　　に　　　　　　　　び
　　待つ　つ　　　死ぬ　ぬ　　　遊ぶ　ぶ　　　ぶ
　　　　　て　　　　　　　ね　　　　　　　べ　　べ
　　　　　と　　　　　　　の　　　　　　　　ぼ

3. カ行變格活用動詞「来る」：改爲「来い」。

来る　➡　来い

4. サ行變格活用動詞「する」：

(1) 書面語言命令形

する　➡　せよ

(2) 口語命令形

する　➡　しろ

練習 1

動詞原形	V六 命令形
見る	
始める	
置く	
急ぐ	
貸す	
立つ	
死ぬ	
呼ぶ	
休む	
知る	
言う	
来る	
勉強する	

1. 快點兒起床！

早く＿＿＿＿＿＿。（口語命令形）
（起きる）

2. 多吃一點兒。

たくさん＿＿＿＿＿＿。（口語命令形）
(食べる)

3. 再讀點兒書。

もっと本を＿＿＿＿＿＿。
(読む)

4. 說什麼蠢話！

馬鹿を＿＿＿＿＿＿。
(言う)

5. 住口！

＿＿＿＿＿＿。
(黙る)

第一變化未然形－否定

一、第一變化未然形，可接否定助動詞「ない」，表常體否定。

二、變化規則

1. $\left\{\begin{array}{l}上一段\\下一段\end{array}\right\}$活用動詞：去語尾「る」＋「ない」

起きる̸　　食べる̸
　ない　　　　ない

2. 五段活用動詞：將語尾改爲該語尾那行的「あ段音」＋「ない」。

か
書く̸
かない
きくけこ

およ
泳ぐ̸
がない
かぎぐげご

はな
話す̸
さない
さしすせそ

ま
待つ̸
たない
たちつてと

し
死ぬ̸
なない
なにぬねの

あそ
遊ぶ̸
ばない
ばびぶべぼ

らりるれろ

売る → 売らない

わいうえお

※買う → 買わない

まみむめも

読む → 読まない

3. カ行變格活用動詞「来る」：改為「来」＋「ない」。

来る　➡　来ない

4. サ行變格活用動詞「する」：「し」＋「ない」

する　➡　しない

練習 1

動詞原形	V ₋ ない 常體否定	V ₋ ません 敬體否定
見る		
始める		
置く		
急ぐ		
貸す		
立つ		
死ぬ		
呼ぶ		
休む		
帰る		
言う		
来る		
勉強する		

1. 我不看日本電影。

　　　私は日本の映画を＿＿＿＿＿＿＿。（常體否定）
　　　　　　　　　　　　　　　（見る）

　　　私は日本の映画を＿＿＿＿＿＿＿ません。（敬體否定）
　　　　　　　　　　　　　　　（見る）

2. 我不吃生魚片。

　　　私は刺身を＿＿＿＿＿＿＿。（常體否定）
　　　　　　　　　　（食べる）

　　　私は刺身を＿＿＿＿＿＿＿ません。（敬體否定）
　　　　　　　　　　（食べる）

3. 請不要在這裡玩。

　　　ここで＿＿＿＿＿＿で下さい。
　　　　　　　（遊ぶ）

4. 請不要馬上站起來。

すぐ＿＿＿＿＿＿＿で下さい。
(立つ)

5. 現在請不要關燈。

今電気を＿＿＿＿＿＿＿で下さい。
(消す)

NOTE

第二十課

第一變化未然形－使役
第一變化未然形－被動

一、第一變化未然形，可接使役助動詞「させる」、「せる」，中
　　譯爲「讓……，叫……」；亦可以接被動助動詞「られる」、
　　「れる」，中譯爲「被……」。

二、變化規則

　1. 使役助動詞「讓……，叫……」

　　(1) ⎰上一段⎱ 活用動詞⎱：去語尾「る」＋「させる」
　　　　⎱下一段⎰

　　　　　　お　　　　　　　　た
　　　　　起きる̶　　　　　食べる̶
　　　　　　させる　　　　　　させる

　　(2) 五段活用動詞：將語尾改爲該語尾那行的「あ段音」＋
　　　　「せる」。

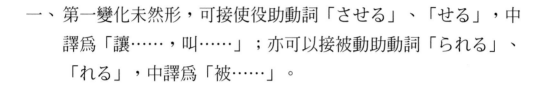

　　　　　　　か　　　か　　　　　　　　およ　　が　　　　　　　はな　　さ
　　　　　　書く̶　き　　　　　泳ぐ̶　ぎ　　　　　話す̶　し
　　　　　　か　　　く　　　　　　　　　　　ぐ　　　　　　　　　　す
　　　　　かせる　け　　　　　がせる　げ　　　　　させる　せ
　　　　　　　　　こ　　　　　　　　　　　ご　　　　　　　　　　そ

たちつてと　　　　　なにぬねの　　　　　ばびぶべぼ

待つ（ま）→たせる　死ぬ（し）→なせる　遊ぶ（あそ）→ばせる

まみむめも　　　　　わいうえお　　　　　らりるれろ

読む（よ）→ませる　※買う（か）→わせる　売る（う）→らせる

(3) カ行變格活用動詞「来る」：「来（こ）」＋「させる」。

　　来（く）る　➡　来（こ）させる

(4) サ行變格活用動詞「する」：「さ」＋「せる」

　　する　➡　させる

2. 被動助動詞（被……）

(1) ｛上一段／下一段｝活用動詞：去語尾「る」＋「られる」

　　起（お）きる→られる　　食（た）べる→られる

(2) 五段活用動詞：將語尾改為該語尾那行的「あ段音」＋
「れる」。

書<del>く</del> → ⓚかれる（きくけこ）

待<del>つ</del> → ⓣたれる（ちつてと）

読<del>む</del> → ⓜまれる（みむめも）

泳<del>ぐ</del> → ⓖがれる（ぎぐげご）

死<del>ぬ</del> → ⓝなれる（にぬねの）

※買<del>う</del> → ⓦわれる（わいうえお）

話<del>す</del> → ⓢされる（しすせそ）

遊<del>ぶ</del> → ⓑばれる（びぶべぼ）

売<del>る</del> → ⓡられる（らりるれろ）

(3) カ行變格活用動詞「来る」：「来」＋「られる」。

来る　➡　来られる

(4) サ行變格活用動詞「する」：「さ」＋「れる」

する　➡　される

練習 1

動詞原形	V－{させる / せる} 讓……，叫……	V－{られる / れる} 被……
見る		
始める		
置く		
急ぐ		
貸す		
立つ		
死ぬ		
呼ぶ		
休む		
走る		
言う		
来る		
勉強する		

1. 我要讓弟弟看義大利的電影。

私は 弟にイタリアの映画を＿＿＿＿＿＿。（常體）
（見る）

私は 弟にイタリアの映画を＿＿＿＿＿＿ます。（敬體）
（見る）

2. 昨天我讓小孩子吃麵包。

昨日子供にパンを＿＿＿＿＿＿た。（常體過去式）
(食べる)

昨日子供にパンを＿＿＿＿＿＿ました。（敬體過去式）
(食べる)

3. 課長昨天讓加藤小姐寫日文書信。

課 長は昨日加藤さんに日本語の手紙を＿＿＿＿＿＿た。（常體過去式）
（書く）

課 長は昨日加藤さんに日本語の手紙を＿＿＿＿＿＿ました。（敬體過去式）
（書く）

4. 社長要讓他做這份工作。

  社長は彼にこの仕事を＿＿＿＿＿。（常體）
                （やる）

  社長は彼にこの仕事を＿＿＿＿＿ます。（敬體）
                （やる）

5. 請讓我聽這首歌。

  この歌を＿＿＿＿＿て下さい。
      （聞く）

練習3

1. 飯盒被朋友吃掉了。

友達に弁当を＿＿＿＿＿た。（常體過去式）
（食べる）

友達に弁当を＿＿＿＿＿ました。（敬體過去式）
（食べる）

2. 上上星期被老師讚美。

先々週先生に＿＿＿＿＿た。（常體過去式）
(褒める)

先々週先生に＿＿＿＿＿ました。（敬體過去式）
(褒める)

3. 上個月被爸爸罵。

先月父に＿＿＿＿＿た。（常體過去式）
(叱る)

先月父に＿＿＿＿＿ました。（敬體過去式）
(叱る)

4. 前天皮包被偷走了。

おととい財布を＿＿＿＿＿た。（常體過去式）
(盗む)

おととい財布を＿＿＿＿＿ました。（敬體過去式）
(盗む)

5. 昨天被雨淋而感冒了。

昨日雨に＿＿＿＿＿て風邪を引きました。
(降る)

第二十一課

第一變化未然形－意量

一、第一變化未然形，可接表意量助動詞「よう」、「う」。視前
　　後文而定，可表示三種意義：①決意②邀請③推測。

二、變化規則

$$1.\left.\begin{cases}上一段\\下一段\end{cases}活用動詞\right\}：去語尾「る」＋「よう」$$

おき~~る~~＋よう　　　　　食べ~~る~~＋よう

2. 五段活用動詞：將語尾改爲該語尾那行的「お段音」＋
　　「う」。

かきくけこ 書~~く~~ こ	がぎぐげご 泳~~ぐ~~ ご	さしすせそ 話~~す~~ そ
たちつてと 待~~つ~~ と	なにぬねの 死~~ぬ~~ の	ばびぶべぼ 遊~~ぶ~~ ぼ

らりるれ
ろう
売る → ろう

わいうえお
※買う → おう

まみむめも
読む → もう

3. カ行變格活用動詞「来る」：「来」＋「よう」。

来る ➜ 来よう

4. サ行變格活用動詞「する」：「し」＋「よう」

する ➜ しよう

練習1

動詞原形	V−{ よう / う }①決意　②邀請　③推測
見る	
始める	
置く	
急ぐ	
貸す	
立つ	
死ぬ	
呼ぶ	
休む	
入る	
言う	
来る	
勉強する	

1. 明天決意要早點兒起床。

　　　あしたはや
　　　明日早く＿＿＿＿＿＿。（決意）
　　　　　　　　お
　　　　　　　（起きる）

2. 今天決意要早點兒睡。

　　　きょうはや
　　　今日早く＿＿＿＿＿＿。（決意）
　　　　　　　　ね
　　　　　　　(寝る)

3. 一起去喝咖啡吧。

　　　いっしょ
　　　一緒にコーヒーを＿＿＿＿＿＿。（邀請）
　　　　　　　　　　　　の
　　　　　　　　　　(飲む)

4. 去喝一杯吧。

　　　いっぱい
　　　一杯＿＿＿＿＿＿。（邀請）
　　　　　　　(やる)

5. 他大概也要寫吧。

　　　かれ
　　　彼も＿＿＿＿＿＿。（推測）
　　　　　　　か
　　　　　　(書く)

上一段、下一段活用動詞活用表

下一段活用動詞	上一段活用動詞	語幹		
食(た)べる	起(お)きる	語尾		
食(た)べ	起(お)き	主要連接「ない」、「させる」、「られる」、「よう」。	未然形	第一變化
食(た)べ	起(お)き	主要連接「ます」、「て」、「たい」、「ながら」、「たり」、「た」。	連用形	第二變化
食(た)べる	起(お)きる	表常體終止。	終止形	第三變化
食(た)べる	起(お)きる	主要連接名詞（體言）	連體形	第四變化
食(た)べれ	起(お)きれ	接假定助詞「ば」，中譯為「如果……」。	假定形	第五變化
食(た)べよ 食(た)べろ	起(お)きよ 起(お)きろ	表強烈命令。～よ…書面語命令。～ろ…口語命令。	命令形	第六變化

五段活用動詞活用表 (1)

語幹		飲の	
語尾		む	

第一變化	未然形	「あ段音」接「ない」、「れる」、「せる」。「お段音」接「う」。	飲ま（あ段音）	飲も（お段音）
第二變化	連用形	主要連接「ます」、「て」、「たい」、「ながら」、「た」。	飲み（い段音）	
第三變化	終止形	表常體終止。	飲む（う段音）	
第四變化	連體形	主要連接名詞（體言）	飲む（う段音）	
第五變化	假定形	接假定助詞「ば」，中譯為「如果……」。	飲め（え段音）	
第六變化	命令形	表強烈的命令。	飲め（え段音）	

五段活用動詞活用表 (2)

變化	語尾形	說明	書(か)く	泳(およ)ぐ	話(はな)す	待(ま)つ	死(し)ぬ	遊(あそ)ぶ	読(よ)む	買(か)う	売(う)る
第一變化	未然形	あ段音接「ない」、「う」、「せる」、「れる」「お段音」接「う」。	書(か)こ／書(か)か	泳(およ)ご／泳(およ)が	話(はな)そ／話(はな)さ	待(ま)と／待(ま)た	死(し)の／死(し)な	遊(あそ)ぼ／遊(あそ)ば	読(よ)も／読(よ)ま	買(か)お／買(か)わ	売(う)ろ／売(う)ら
第二變化	連用形	主要連接「ます」、「たい」、「て」、「な」、「た」り」。	書(か)き	泳(およ)ぎ	話(はな)し	待(ま)ち	死(し)に	遊(あそ)び	読(よ)み	買(か)い	売(う)り
第三變化	終止形	表常體終止。	書(か)く	泳(およ)ぐ	話(はな)す	待(ま)つ	死(し)ぬ	遊(あそ)ぶ	読(よ)む	買(か)う	売(う)る
第四變化	連體形	主要連接名詞（體言）	書(か)く	泳(およ)ぐ	話(はな)す	待(ま)つ	死(し)ぬ	遊(あそ)ぶ	読(よ)む	買(か)う	売(う)る
第五變化	假定形	接假定助詞「ば」，中譯為「如果……」。	書(か)け	泳(およ)げ	話(はな)せ	待(ま)て	死(し)ね	遊(あそ)べ	読(よ)め	買(か)え	売(う)れ
第六變化	命令形	表強烈的命令。	書(か)け	泳(およ)げ	話(はな)せ	待(ま)て	死(し)ね	遊(あそ)べ	読(よ)め	買(か)え	売(う)れ

カ行變格活用動詞活用表

来る	動詞		變化
来こ	主要連接「ない」、「させる」、「られる」、「よう」。	未然形	第一變化
来き	主要連接「ます」、「て」、「たい」、「ながら」、「たり」、「た」。	連用形	第二變化
来く	表常體終止。	終止形	第三變化
来く	主要連接名詞（體言）	連體形	第四變化
来れ	接假定助詞「ば」，中譯為「如果……」。	假定形	第五變化
来こい	表強烈的命令	命令形	第六變化

サ行變格活用動詞活用表

變化	動詞（活用形）	動詞（說明）	する
第一變化	未然形	「し」連接「ない」、「よう」。「さ」連接「せる」、「れる」。	さ し
第二變化	連用形	主要連接「ます」、「て」、「たい」、「ながら」、「たり」、「た」。	し
第三變化	終止形	表常體終止。	する
第四變化	連體形	主要連接名詞（體言）	する
第五變化	假定形	接假定助詞「ば」，中譯為「如果……」。	すれ
第六變化	命令形	表強烈的命令。「しろ」：口語命令。「せよ」：書面語言命令。	しろ せよ

動詞第一變化～第六變化

第一變化　未然形　V_

一、否定：「ない」

　　上下一段：去「る」＋「ない」

　　五段：語尾改爲「あ段音」＋「ない」

　　来る：「来」＋「ない」
　　　く　　　こ

　　する：「し」＋「ない」

二、使役、被動（「させる・せる」　「られる・れる」）

　　上下一段：去「る」＋「させる」、「られる」

　　五段：語尾改爲「あ段音」＋「せる」、「れる」

　　来る：「来」＋「させる」、「られる」
　　　く　　　こ

　　する：「さ」＋「せる」、「れる」

三、意量（「よう」　「う」）

　　上下一段：去「る」＋「よう」

　　五段：語尾改爲「お段音」＋「う」

　　来る：「来」＋「よう」
　　　く　　　こ

　　する：「し」＋「よう」

第二變化　連用形　V﹍＋「ます」、「て」、「ながら」、「たい」

　　上下一段：去「る」＋「ます」

　　五段：語尾改爲「い段音」＋「ます」---

　　（音便：い音便、促音便、鼻音便）

　　　　　　くぐ　　うつる　　ぬぶむ

　　来る：「来」＋「ます」

　　する：「し」＋「ます」

第三變化　終止形　V﹦

第四變化　連體形V﹏

　　動詞原形（語尾「う段音」結尾）

第五變化　假定形　　V﹏＋「ば」

　　任何動詞皆語尾改爲「え段音」＋「ば」：

　　　上下一段：去「る」＋「れば」

　　　五段：語尾改爲「え段音」＋「ば」

　　　来る：「来れ」＋「ば」

　　　する：「すれ」＋「ば」

第六變化　命令形　Ｖ六

　　上下一段：去「る」＋「ろ」（口語命令形）

　　　　　　　去「る」＋「よ」（書面命令形）

　　五段：語尾改為「え段音」

　　来る：「来い」

　　する：「しろ」（口語命令形）

　　　　　「せよ」（書面命令形）

動詞第一變化～第六變化

1. 她正在一邊刷牙，一邊唱著歌。

　　彼女は歯を_____ながら、歌を_____ています。
　　　　　　かのじょ　は
　　　　　　(磨く)　　　　　　　　　(歌う)
　　　　　　みが　　　　　　　　　　うた

2. 他正在一邊散步，一邊聽著音樂。

　　彼は_____ながら、音楽を_____ています。
　　　かれ　　　　　　　　おんがく
　　　(散歩する)　　　　　　(聞く)
　　　さんぽ　　　　　　　　き

3. 請馬上去。

　　すぐ_____て下さい。
　　　　　　　　　　くだ
　　　(行く)
　　　い

4. 請切這塊麵包。

　　このパンを_____て下さい。
　　　　　　　　　　　　くだ
　　　　(切る)
　　　　き

5. 請進來。

どうぞ_____て下さい。
　　　　　　（入_{はい}る）

6. 請丟棄不要的東西。

_____物_{もの}を_____て下さい。
（要_いる）　　　　（捨_すてる）

7. 我也想吃麻婆豆腐。

私_{わたし}もマーボー豆腐_{どうふ}が_____たいです。
　　　　　　　　　　　　　　（食_たべる）

8. 我今天早上九點起床，然後，做點兒體操，然後來學校。

私_{わたし}は今朝_{けさ}九時_{くじ}に_____て、そして、
　　　　　　　　　　　（起_おきる）

ちょっと_____て、それから、学校_{がっこう}へ_____ました。
（体操_{たいそう}する）　　　　　　　　　　　（来_くる）

9. 我每天在公司看看報紙啦、喝喝茶。

　　　　私は毎日会社で新聞を＿＿＿＿＿＿だり、
　　　　　　　　　　　　　　　　　　（読む）

　　　　お茶を＿＿＿＿＿＿だりします。(V ＝たり、V ＝たりします，表動作列舉)
　　　　　　　　　　（飲む）

10. 即使下雨也要去。

　　　　雨が＿＿＿＿＿＿、行きます。(V ＝ても，即使)
　　　　　　　　（降る）

11. 要看電影的人，請等一下。

　　　　映画を＿＿＿＿＿＿人はちょっと＿＿＿＿＿＿て下さい。
　　　　　　　　　（見る）　　　　　　　　　　（待つ）

12. 如果洗一洗就會變乾淨。

　　　　＿＿＿＿＿＿、綺麗になります。
　　　　　（洗う）

13. 如果2點來，就來得及。

2時に_____、間に合います。
（来る）

14. 如果你出席的話，我也出席。

あなたが_____、私も出席します。
（出席する）

15. 仔細的考慮考慮。（口語強烈命令）

詳しく_____。
（考える）

16. 請不要看課本。

テキストを_____で下さい。
（見る）

17. 夫婦吵架連狗也不要吃。

夫婦喧嘩は犬も_____ない。
（食う）

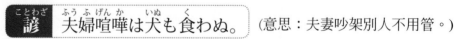

諺　夫婦喧嘩は犬も食わぬ。　（意思：夫妻吵架別人不用管。）

18. 老師每天叫學生讀書。

先生は毎日学生に本を＿＿＿＿＿ます。
（読む）

19. 明天叫學生打掃教室。

明日学生に教室を＿＿＿＿＿ます。
（掃除する）

20. 我要叫吳小姐做這個工作。

私は呉さんにこの仕事を＿＿＿＿＿ます。
（やる）

21. 昨天被學生問了很多問題。

昨日学生にたくさん＿＿＿＿＿ました。
（質問する）

22. 伊藤先生被車子撞了。

伊藤さんは車に＿＿＿＿＿ました。
（撥ねる）

23. 我要打掃辦公室。（決意）

　　私は事務所を_____。
　　　　　　　　　（掃除する）

24. 明天再來這裡吧！（邀請）

　　明日またここへ_____。
　　　　　　　　　（来る）

25. 將來人類大概會使用太陽能發電吧！（推測）

　　将来人間は太陽光発電を_____。
　　　　　　　　　　　　　（利用する）

形容詞

日語的形容詞可分爲「い」結尾的「形容詞」（亦稱「い形容詞」）和以「だ」結尾的「形容動詞」（亦稱「な形容詞」），兩者皆形容主詞的性質、狀態。

1. 形容詞（い形容詞）：語尾以「い」結尾，語尾「い」會產生活用變化。

たか
高 い
語幹　語尾

2. 形容動詞（な形容詞）：語尾以「だ」結尾，語尾「だ」會產生活用變化。

き れい
綺麗 だ
語幹　語尾

我們都是形容詞。

たか
高い

き れい
綺麗だ

練習
れんしゅう

請將下列單字加以分類

<ruby>少<rt>すく</rt></ruby>ない	<ruby>臆<rt>おく</rt>病<rt>びょう</rt></ruby>だ	<ruby>凄<rt>すご</rt></ruby>い	<ruby>柔<rt>やわ</rt></ruby>らかい
<ruby>素敵<rt>すてき</rt></ruby>だ	<ruby>同<rt>おな</rt></ruby>じだ	<ruby>忙<rt>いそが</rt></ruby>しい	<ruby>愉快<rt>ゆかい</rt></ruby>だ
<ruby>暇<rt>ひま</rt></ruby>だ	<ruby>冷<rt>つめ</rt></ruby>たい	<ruby>簡単<rt>かんたん</rt></ruby>だ	<ruby>汚<rt>きたな</rt></ruby>い

形容詞 （い形容詞）	形容動詞 （な形容詞）

形容詞・形容動詞
第四變化－連體形

たんご
単語

4	おもしろい	面白い	有趣的
4	あたらしい	新しい	新的
3	おおきい	大きい	大的
2	あつい	熱い	熱的、燙的
1	きれいだ	綺麗だ	漂亮的；乾淨的
0	まじめだ	真面目だ	認真的
1	しずかだ	静かだ	安靜的
2	にぎやかだ	賑やかだ	熱鬧的
0	けいたい	携帯	手機
4	ノート・パソコン		筆記型電腦（note personal computer）
2	ふく	服	衣服

0	あおきさん	青木さん	青木先生（小姐）
1	そんさん	孫さん	孫先生
1	しゃいん	社員	員工
2	さぎょうふく	作業服	工作服
0	ところ	所	地方
5	こうぎょうだんち	工業団地	工業區

文型 <small>ぶんけい</small>

形容詞 い ＋名詞

形容動詞 だ な ＋名詞

これは面白い携帯です。
<small>おもしろ けいたい</small>

この新しいノート・パソコンは誰のですか。
<small>あたら だれ</small>

孫さんは真面目な社員です。
<small>まご まじめ しゃいん</small>

その綺麗な服は青木さんのです。
<small>きれい ふく あおき</small>

解説 <small>かいせつ</small>

1. 形容詞（い形容詞）：以語尾「い」的形態直接修飾名詞。

面白い ＋ 携帯
<small>おもしろ けいたい</small>
名詞

形容動詞（な形容詞）：將語尾「だ」改成「な」，來修飾名詞。

真面目 だ な ＋ 社員
<small>まじめ しゃいん</small>
名詞

2. 「の」：準體言助詞，代替前面所曾提及的名詞，有「代名詞」的作用。（「體言」即名詞）

この本は 私 の ＿（本）＿ です。
　　　　　　　　　　 省略

（這本書是我的。）

形容詞(敬體) / 形容詞(常體)	面白い＋です		形容動詞(敬體) / 形容動詞(常體)	眞面目だ＋です	
	常體	敬體		常體	敬體
大きい			静かだ		
熱い			賑やかだ		

1. 這大的工作服是我的。

    この＿＿＿＿＿作業服は私のです。
          （大きい）

2. 請喝這熱咖啡。

    この＿＿＿＿＿コーヒーを飲んで下さい。
          (熱い)

3. 這裡是個安靜的地方。

    ここは＿＿＿＿＿所です。
          (静かだ)

4. 那裡是個熱鬧的工業區。

    そこは＿＿＿＿＿工業団地です。
          (賑やかだ)

NOTE

形容詞・形容動詞
第二變化－否定

単語
たん ご

0	むずかしい	難しい	困難的
1	いい（よい）	良い	好的
2	ひろい	広い	寬敞的
3	うれしい	嬉しい	高興的
3	たのしい	楽しい	快樂的
2	さむい	寒い	寒冷的
2	あつい	暑い	炎熱的
3	じょうずだ	上手だ	（手藝；技能；語言等）高明的；很好的
2	すきだ	好きだ	喜歡的
3	ざんねんだ	残念だ	遺憾的
1	べんりだ	便利だ	方便的

②	としょかん	図書館	圖書館
⓪	そんなに		那樣地
⓪	スマホ		智慧型手機 （smart phone）
⓪	ひんしつ	品質	品質
⓪	あまり		（不）太…… （後接否定）
⓪	ぜんぜん	全然	一點也（不）……， 全然（不）…… （後接否定）

文型

形容詞 ~い く ＋ ない 　（常體）

形容詞 ~い く ＋ ないです

形容詞 ~い く ＋ ありません
　}（敬體）

形容動詞語幹ではない 　（常體）

形容動詞語幹ではありません 　（常體）

Ａ：日本語は 難 しいですか。

Ｂ：いいえ、あまり 難 しくないです。

いいえ、あまり 難 しくありません。

Ａ：図書館は静かですか。

Ｂ：いいえ、全然静かではありません。

解説 <ruby>解<rt>かい</rt></ruby><ruby>説<rt>せつ</rt></ruby>

1. 形容詞：將語尾「い」改爲「く」＋否定形容詞「ない」爲常
   體否定。

   將語尾「い」改爲「く」＋否定形容詞「ない」＋斷定助動詞
   「です」

   或將語尾「い」改爲「く」＋「ありません」爲敬體否定。

   > 常體：<ruby>難<rt>むずか</rt></ruby>し~~い~~くない

   > 敬體：<ruby>難<rt>むずか</rt></ruby>しく＋ない＋です

   > 敬體：<ruby>難<rt>むずか</rt></ruby>し~~い~~く＋ありません

   例外　形容詞「良い」，活用變化時皆採用「<ruby>良<rt>よ</rt></ruby>い」來變化。

   > 常體：<ruby>良<rt>い</rt></ruby>い　→　良~~い~~くない

   > 敬體：<ruby>良<rt>よ</rt></ruby>くない＋です

   > 敬體：良~~い~~くありません

2. 形容動詞：形容動詞語幹＋「ではない」，爲常體否定。

   > 形容動詞語幹＋「ではありません」，爲敬體否定。

常體：静かだ＋ではない

敬體：静かだ＋ではありません

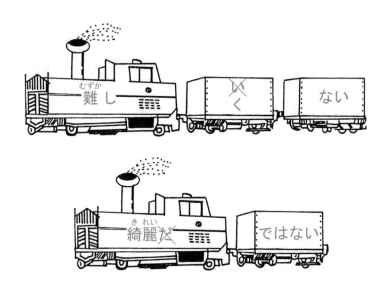

3. 副詞「あまり」、「全然」後面接否定

　　例如：「あまり〜ない」

　　　　　「全然〜ない」

練習1
<ruby>練習<rt>れんしゅう</rt></ruby> 1

否定

常、敬體	常體	敬體
形容詞	<ruby>難<rt>むずか</rt></ruby> し~~い~~くない	<ruby>難<rt>むずか</rt></ruby> し~~い~~くないです <ruby>難<rt>むずか</rt></ruby> し~~い~~くありません
<ruby>良<rt>い</rt></ruby>い		
<ruby>広<rt>ひろ</rt></ruby>い		
<ruby>嬉<rt>うれ</rt></ruby>しい		
<ruby>楽<rt>たの</rt></ruby>しい		

否定

常、敬體	常體	敬體
形容動詞	<ruby>静<rt>しず</rt></ruby>かだではない	<ruby>静<rt>しず</rt></ruby>かだではありません
<ruby>上手<rt>じょうず</rt></ruby>だ		
<ruby>好<rt>す</rt></ruby>きだ		
<ruby>残念<rt>ざんねん</rt></ruby>だ		
<ruby>便利<rt>べんり</rt></ruby>だ		

1. 今天沒那麼冷。

今日はそんなに＿＿＿＿＿＿です。
（寒い）

2. 今天一點兒也不熱。

今日は全然＿＿＿＿＿＿です。
（暑い）

3. 會議室不太寬敞。

会議室はあまり＿＿＿＿＿＿くありません。
（広い）

4. 這個智慧型手機的品質一點兒也不好。

このスマホの品質は全然＿＿＿＿＿＿くありません。
（良い）

NOTE

形容詞・形容動詞
第二變化—過去式

単語
たん ご

2	えらい	偉い	偉大的
0	おいしい	美味しい	好吃的
0	やさしい	優しい	溫柔的
3	すずしい	涼しい	涼爽的
1	ゆかいだ	愉快だ	愉快的
0	りっぱだ	立派だ	卓越的；雄偉的
1	しんせつだ	親切だ	親切的
0	あんぜんだ	安全だ	安全的
0	ひまだ	暇だ	空閒的
1	けさ	今朝	今天早上
0	せんしゅう	先週	上個禮拜

1	せんげつ	先月	上個月
1	きょねん	去年	去年
0	からだ	体	身體
5	じどうしゃこうぎょう	自動車工業	汽車工業
0	けいき	景気	景氣
0	りょこう	旅行	旅行
0	とても		很
0	ひじょうに	非常に	非常地

ぶんけい
文型

	常體	敬體
過去	形容詞〜い＋かった	形容詞〜い＋かったです
	形容動詞語幹＋だった	形容動詞語幹＋でした
過去否定	形容詞〜い＋くなかった	形容詞〜い＋くなかったです
	形容動詞語幹＋ではなかった	形容動詞語幹＋ではありませんでした

A：今朝は寒かったですか。

B：はい、とても寒かったです。

いいえ、全然寒くなかったです。

いいえ、全然寒くありませんでした。

A：先週の旅行は愉快でしたか。

B：はい、非常に愉快でした。

いいえ、全然愉快ではありませんでした。

149

1. 形容詞：將語尾「い」改爲「かっ」＋過去助動詞「た」，表過去常體，於過去常體之後＋斷定助動詞「です」，爲過去敬體。

過去 {
　常體：寒い~~い~~かっ＋た
　　　　　かった
　敬體：寒かった＋です
}

2. 形容詞：將語尾「い」改爲「く」＋否定形容詞「ない」＋再將否定形容詞的語尾「い」改爲「かっ」＋過去助動詞「た」，表過去常體否定，於過去常體否定之後＋斷定助動詞「です」，爲敬體否定。

過去否定 {
　常體：寒~~い~~く＋な~~い~~＋かった
　　　　　　くなかった
　敬體：寒くなかった＋です
}

例外 形容詞「良い」，活用變化時皆採用「良い」來變化。

過去 {
　常體：良~~い~~＋かった
　敬體：良かった＋です
}

過去否定 {
　常體：良~~い~~＋くなかった
　敬體：良くなかった＋です
}

3. 形容動詞：

形容動詞語幹＋「だっ」＋過去助動詞「た」，表過去常體。

形容動詞語幹＋「です」，再將「です」改爲「でした」，爲過去敬體。

$$過去 \begin{cases} 常體：愉快\underset{ゆ\ かい}{だ}\underline{だっ＋た} \\ \qquad\qquad だった \\ 敬體：愉快\underset{ゆ\ かい}{です}した \\ \qquad\qquad でした \end{cases}$$

4. 形容動詞：

形容動詞語幹＋「ではない」，再將否定形容詞「ない」的語尾「い」改爲「かっ」＋過去助動詞「た」，爲過去常體否定。

形容動詞語幹＋「ではありません」＋「でした」，爲過去敬體否定。

$$過去 \begin{cases} 常體：愉快\underset{ゆ\ かい}{だ}\underline{ではな\cancel{い}＋かっ＋た} \\ \qquad\qquad ではなかった \\ 敬體：愉快\underset{ゆ\ かい}{だ}＋\underline{ではありません＋でした} \\ \qquad\qquad ではありませんでした \end{cases}$$

過去式

常、敬體 形容詞	常體 寒いかった	敬體 寒いかったです
い 良い		
えら 偉い		
お い 美味しい		
やさ 優しい		

過去否定

常、敬體 形容詞	常體 寒いくなかった	敬體 寒いくなかったです 寒いくありませんでした
い 良い		
えら 偉い		
お い 美味しい		
やさ 優しい		

過去式

常、敬體 形容動詞	常體 愉快だだった	敬體 愉快だでした
立派だ _{りっぱ}		
親切だ _{しんせつ}		
安全だ _{あんぜん}		
暇だ _{ひま}		

過去否定

常、敬體 形容動詞	常體 愉快だではなかった	敬體 愉快だではありませんでした
立派だ _{りっぱ}		
親切だ _{しんせつ}		
安全だ _{あんぜん}		
暇だ _{ひま}		

1. 昨天很涼爽。

　　きのう
　　昨日はとても＿＿＿＿＿＿＿です。
　　　　　　　　　　すず
　　　　　　　　（涼しい）

2. 昨天一點兒也不涼爽。

　　きのう　　ぜんぜん
　　昨日は全然＿＿＿＿＿＿＿です。
　　　　　　　　すず
　　　　　　（涼しい）

3. 他上個月身體很好。

　　かれ　せんげつからだ
　　彼は先月 体 がとても＿＿＿＿＿＿＿です。
　　　　　　　　　　　　　い
　　　　　　　　　　　（良い）

4. 去年汽車工業的景氣不太好。

　　きょねん　じ どうしゃこうぎょう　けい き
　　去年自動車工 業 の景気はあまり＿＿＿＿＿＿＿です。
　　　　　　　　　　　　　　　　よ
　　　　　　　　　　　　　　　（良い）

第二十六課

形容詞・形容動詞
—副詞形

たんご
単語

0	うすい	薄い	薄的
3	みじかい	短い	短的
2	おにく	お肉	肉
1	じ	字	字
3	かみのけ	髪の毛	頭髪
1	スープ		湯（soup）
4	インターネット		網際網路（internet）
1	もっと		更
1	きる	切る	切
3	きります	切ります	
0	けずる	削る	削
4	けずります	削ります	

155

1	はいる	入る	〉進入
4	はいります	入ります	
0	する		〉把……弄成……
2	します		
0	つかう	使う	〉使用
3	つかいます	使います	

文型

形容詞 ~~い~~く＋動詞

形容動詞 ~~だ~~に＋動詞

このお肉を薄く切って下さい。

この鉛筆を短く削って下さい。

字を綺麗に書いて下さい。

静かに入って下さい。

解説

1. 形容詞：去語尾「い」＋「く」，爲「副詞形」，用來修飾動詞。

$$薄~~い~~く切る$$

2. 形容動詞：去語尾「だ」＋「に」，爲「副詞形」，用來修飾動詞。

$$綺麗~~だ~~に書く$$

練 習

1. 請把頭髮再剪短一點兒。

　　髪の毛をもっと＿＿＿＿＿＿切って下さい。
　　　　　　　　　（短い）

2. 請把這碗湯加熱。

　　このスープを＿＿＿＿＿＿して下さい。
　　　　　　　　（熱い）

3. 請把這房間打掃乾淨。

　　この部屋を＿＿＿＿＿＿掃除して下さい。
　　　　　　　（綺麗だ）

4. 請好好地使用網際網路。

　　インターネットを＿＿＿＿＿＿使って下さい。
　　　　　　　　　　（上手だ）

第二十七課

形容詞・形容動詞
一中止形

単語

③	ちいさい	小さい	小的
⓪	かるい	軽い	輕的
②	やすい	安い	便宜的
⓪	あかるい	明るい	明亮的
⓪	ゆうめいだ	有名だ	有名的
⓪	プリンター		印表機（printer）
⓪	デジカメ		數位相機 （digtal camera）
①	みついさん	三井さん	三井先生（小姐）
②	やまぐちさん	山口さん	山口先生（小姐）
④	はくぶつかん	博物館	博物館
③	せいもんちょう	西門町	西門町

文型 (ぶんけい)

> 形容詞 ⊠くて（口語中止形）
>
> 形容詞 ⊠く（書面語言中止形）

形容動詞語幹で（中止形）

このプリンターは小（ちい）さくて、軽（かる）いです。

このプリンターは小（ちい）さく、軽（かる）いです。

デジカメは便利（べんり）で、安（やす）いです。

1. 形容詞：去語尾「い」＋「く」＋「て」，爲口語中止形。

   去語尾「い」＋「く」，爲書面語言中止形。

   口語中止形：小さ̷い̷く＋て
   くて

   書面語言中止形：小さ̷い̷く

2. 形容動詞：形容動詞中止形無口語中止形和書面語言中止形之分，去語尾「だ」＋「で」，爲中止形。

   例如：便利だ̷で

3. 形容詞、形容動詞的中止形，其作用乃是用兩個以上的形容詞或形容動詞來修飾名詞所同時擁有的性質或狀態。可中譯爲「既……又……」。

1. 三井先生的工廠既寬敞又明亮。

　　三井さんの工場は_____、明るいです。（口語中止形）
　　　　　　　　　　　　（広い）

　　三井さんの工場は_____、明るいです。（書面語言中止形）
　　　　　　　　　　　　（広い）

2. 山口小姐既溫柔又漂亮。

　　山口さんは_____、綺麗です。（口語中止形）
　　　　　　　（優しい）

　　山口さんは_____、綺麗です。（書面語言中止形）
　　　　　　　（優しい）

3. 博物館既安靜又寬敞。

　　博物館は_____、広いです。
　　　　　　（静かだ）

4. 西門町是個熱鬧又有名的地方。

　　西門町は_____、有名な所です。
　　　　　　（賑やかだ）

第二十八課
だい に じゅうはっ か

形容詞・形容動詞
一假定形

単語
たん ご

3	おおきい	大きい	大的
0	あぶない	危ない	危險的
1	おおい	多い	多的
1	ない		沒有
1	ふべんだ	不便だ	不方便
2	へただ	下手だ	(手藝、技能、語言等) 笨拙的；不好的
3	めんどうだ	面倒だ	麻煩的
0	じょうぶだ	丈夫だ	堅固的；耐用的
1	ねっしんだ	熱心だ	熱心的
2	だめだ	駄目だ	不行的；不可以的
1	けっこうだ	結構だ	可以的

⓪	きらいだ	嫌いだ	討厭的
②	ドライバー		螺絲起子（driver）
①	ペンチ		老虎鉗（pinchers）
⓪	ねだん	値段	價錢
①	パーツ		零件（parts）
①	ジュース		果汁（juice）

文型
<ruby>文<rt>ぶん</rt></ruby><ruby>型<rt>けい</rt></ruby>

形容詞~~い~~ければ

形容動詞語幹~~だ~~なら（ば）

<ruby>美味<rt>お い</rt></ruby>しければ、<ruby>私<rt>わたし</rt></ruby>も<ruby>食<rt>た</rt></ruby>べます。

<ruby>不便<rt>ふ べん</rt></ruby>なら(ば)、<ruby>行<rt>い</rt></ruby>きません。

解説
<ruby>解<rt>かい</rt></ruby><ruby>説<rt>せつ</rt></ruby>

1. 形容詞：去語尾「い」＋「けれ」＋假定助詞「ば」，爲形容詞假定形，中譯爲「如果……」。

<ruby>美味<rt>お い</rt></ruby>し~~い~~けれ＋ば
ければ

2. 形容動詞：去語尾「だ」＋「なら」＋假定助詞「ば」，爲形容動詞假定形，中譯爲「如果……」。假定助詞「ば」可省略。

<ruby>不便<rt>ふ べん</rt></ruby>~~だ~~なら＋ば
　　　　（可省略）
なら(ば)

假定形

形容詞　　　假定型	美味しい<del>い</del>ければ （如果……）
い 良い	
おお 大きい	
あぶ 危ない	
おお 多い	

假定形

形容動詞　　　假定型	ふ　べん 不便だなら(ば) （如果……）
へ　た 下手だ	
めんどう 面倒だ	
じょう　ぶ 丈夫だ	
ねっしん 熱心だ	

れんしゅう
練習 2

1. 如果沒有螺絲起子的話，老虎鉗也可以。

　　ドライバーが＿＿＿＿＿、ペンチでもいいです。
　　　　　　　　　　　(ない)

2. 如果價格便宜的話，就買吧！

　　値段が＿＿＿＿＿、買いましょう。
　　　　　　　　　(安い)

3. 這個零件不行的話，那個零件也可以。

　　このパーツが＿＿＿＿＿、あのパーツでも結構です。
　　　　　　　　　(駄目だ)

4. 如果不喜歡酒的話，果汁也可以。

　　お酒が＿＿＿＿＿、ジュースでも結構です。
　　　　　　　(嫌いだ)

形容詞、形容動詞活用表

	語幹	熱（あつ）	綺麗（きれい）
	語尾	い	だ
第一變化　未然形 接表推測語氣助動詞「う」，中譯為「大概……吧」。		熱（あつ）かろ	綺麗（きれい）だろ
第二變化　連用形　中止形 接過去助動詞「だ」。		熱（あつ）かっ	綺麗（きれい）だっ
第二變化　連用形　副詞形		熱（あつ）く（て） 熱（あつ）く	綺麗（きれい）で 綺麗（きれい）に
第三變化　終止形 表常體終止。		熱（あつ）い	綺麗（きれい）だ
第四變化　連體形 主要連接名詞（體言）		熱（あつ）い	綺麗（きれい）な
第五變化　假定形 接假定助詞「ば」，中譯為「如果……」。		熱（あつ）けれ	綺麗（きれい）なら

第二十九課

工具の用途
―たがね

たがねは鋳物などの表面を削ったり、工作物を切断したりするために使う。

169

単語

1	工具	（名詞）	工具
1	用途	（名詞）	用途
0	たがね	（名詞）	鋼鑿
0	鋳物	（名詞）	鑄件
3	表面	（名詞）	表面
0	削る	（他五）	削整
4	工作物	（名詞）	工件
0	切断する	（他サ）	切斷
0	使う	（他五）	使用

文法提示

1. 助詞「など」，表名詞列舉，中譯爲「……等」。

2. V二たり　V二たりする，表動作的列舉，中譯爲「……啦……啦」。

3. V四ために，表目的，中譯爲「爲了……」。

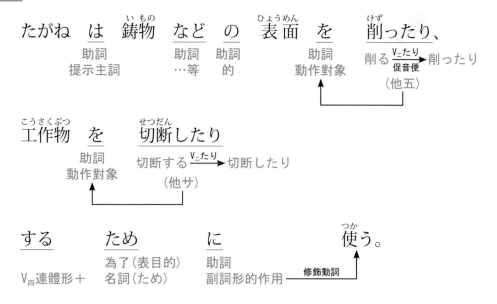

V₌たり　　V₌たりする
表動作的列舉（…啦…啦）

工具的用途
鋼鑿

鋼鑿乃使用於削整鑄件之表面，或切斷工件。

NOTE

ようせつほうほう
溶接方法

　ガス溶接作業は右手にトーチを、左手に溶接棒を持って行う。

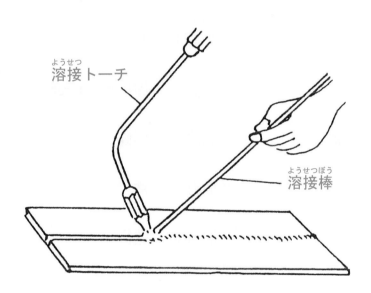

溶接トーチ

溶接棒

単語

5	溶接方法	（名詞）	焊接方法
1	ガス	（名詞）	瓦斯（gas）
7	ガス溶接作業	（名詞）	瓦斯焊接作業
0	右手	（名詞）	右手
0	左手	（名詞）	左手
1	トーチ	（名詞）	焊接槍（torch）
4	溶接棒	（名詞）	焊條
1	持つ	（他五）	拿
0	行う	（他五）	進行

文法提示

1. 助詞「に」，表歸著點。

かいせつ
解説

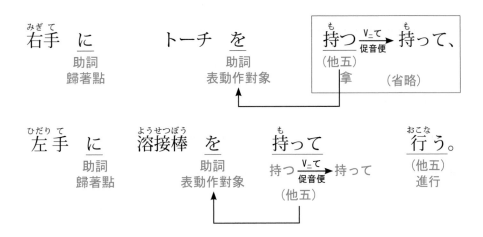

ガス溶接作業　は
　　　　　　助詞
　　　　　　提示主詞

右手　に　　　　トーチ　を
助詞　　　　　　　　　助詞
歸著點　　　　　　　表動作對象

持つ　V＝て　持って、
（他五）促音便
　　拿　　　（省略）

左手　に　　溶接棒　を　　持って　　行う。
助詞　　　　　助詞　　　持つ V＝て 持って （他五）
歸著點　　　表動作對象　　　促音便　　進行
　　　　　　　　　　　　（他五）

ほんやく
翻訳

焊接方法

瓦斯焊接作業是右手拿瓦斯焊接槍，左手拿焊條來進行。

NOTE

プレス加工
　か　こう

プレス加工は材料に大きい力を加えて変形させる加工であ
　か こう　　ざいりょう　　おお　　ちから　くわ　　へんけい　　　　　か こう

り、加工作業は危ないので、安全化が必要である。
　か こう さ ぎょう　あぶ　　　　　　　あんぜん か　ひつよう

単語（たんご）

4	プレス加工（かこう）	（名詞）	沖床加工（press）
3	材料（ざいりょう）	（名詞）	材料
3	大きい（おお）	（形容詞）	大的
0	加える（くわ）	（他下一）	加；施予
0	変形する（へんけい）	（自他サ）	變形
0	加工（かこう）	（名詞）	加工
4	加工作業（かこうさぎょう）	（名詞）	加工作業
0	危ない（あぶ）	（形容詞）	危險的
0	安全化（あんぜんか）	（名詞）	安全化
0	必要だ（ひつよう）	（形容動詞）	必要的

文法提示
（ぶんぽうていじ）

1. 助詞「に」，表歸著點。

2. 大きい（おお）＋名詞（力）（ちから）
   連體形

3. 加える（くわ） $\xrightarrow[\text{口語中止形}]{\text{V}_=\text{て}}$ 加えて（くわ）

4. 変形する（へんけい） $\xrightarrow[\text{使役}]{\text{V}_-\text{せる}}$ 変形させる（へんけい）

5. 変形させる（へんけい） $\xrightarrow[\text{V}_\text{四}\text{連體形}]{}$ 変形させる＋名詞（加工）（へんけい）（かこう）

6. である $\xrightarrow[\substack{\text{書面語言中止形}\\\text{「い段音」}}]{\text{V}_=}$ であり

7. 形容詞いので

   因爲

   助詞「ので」，表原因，中譯爲「因爲」。

工業日文

解説
かいせつ

プレス加工　は　材料　に
かこう　　　　　ざいりょう

助詞　　　　　助詞
提示主詞　　　歸著點
　　　　　　　「在、於」

大きい力　を　加えて
おお　ちから　　　くわ

加える ──V=て──→ 加えて
　　　口語中止形
(他下一)

変形させる　　　　　　　　　　加工
へんけい　　　　　　　　　　　かこう

変形する ──V−せる──→ 変形させる
　　　　　使役
　　　　　　　　　　　V₁₁連體形＋名詞

であり、

である ──V=──→ であり
　　書面語言中止形
「だ」　「い段音」
斷定助動詞
論文體

加工作業　は　危ない　ので、
かこうさぎょう　　　あぶ

助詞　　　　　助詞
提示主詞　　　表原因
　　　　　　　「因為」

安全化が必要　である。
あんぜんか　ひつよう

「だ」
斷定助動詞
論文體

180

沖床加工

沖床加工是加諸很大的外力於材料，使之變形的加工。因加工作業很危險，所以有必要加以安全化。

NOTE

第三十二課
（だいさんじゅうにか）

5S
（ごエス）

5S（ごエス）とは、整理（せいり）、整頓（せいとん）、清潔（せいけつ）、清掃（せいそう）、躾（しつけ）のローマ字の頭文字（かしらもじ）が全部（ぜんぶ）「S（エス）」になることを5S（ごエス）と呼（よ）ぶ。

183

単語 (たんご)

2	5S (ごエス)	（名詞）	5S
1	整理 (せいり)	（名詞）	整理
0	整頓 (せいとん)	（名詞）	整頓
0	清潔 (せいけつ)	（名詞）	清潔
0	清掃 (せいそう)	（名詞）	清掃
0	躾 (しつけ)	（名詞）	教養
3	ローマ字 (じ)	（名詞）	羅馬拼音（ローマ：拉Roma）
4	頭文字 (かしらもじ)	（名詞）	頭一個字母
1	全部 (ぜんぶ)	（副詞）	全部
1	なる	（自五）	變成
2	こと	（名詞）	事情
0	呼ぶ (よ)	（他五）	稱

文法提示
（ぶんぽうていじ）

1. ～とは

   所謂的

2. ～になる。

   變成

   助詞「に」，表變化的結果

3. ～に<u>なる</u>＋名詞（こと）

   V四連體形 ↑

4. ～を～と呼ぶ。
   （よ）

   稱～為～

   助詞「と」，表引用

解説
<small>かいせつ</small>

5S<small>ごエス</small> とは、整理<small>せいり</small>、整頓<small>せいとん</small>、清潔<small>せいけつ</small>、清掃<small>せいそう</small>、躾<small>しつけ</small> の ローマ字<small>じ</small>
　　所謂的　　　　　　　　　　　　　　　　　　　　　　　　　助詞
　　　　　　　　　　　　　　　　　　　　　　　　　　　　　　「的」

の 頭文字<small>かしらもじ</small>が全部<small>ぜんぶ</small>「S<small>エス</small>」 に なる こと
助詞　　　　　　　　　　　　　　助詞　　　V四連體形
「的」　　　　　　　　　　　　　表變化的結果

を 5S<small>ごエス</small> と 呼<small>よ</small>ぶ。
　　　　　助詞　　　(他五)
　　　　　表引用的內容　　稱呼

翻訳
<small>ほんやく</small>

5S

所謂的5S，是因整理（seiri）、整頓（seiton）、清潔
（seiketsu）、清掃（seiso）、教養（shitsuke）的羅馬拼音的第一個
字母皆爲「S」，所以稱之爲5S。

ロボット

一般の機械と違って、人間のように自由度の高い動作機能を持つ機械である。

溶接、塗装、組立などに導入され、工場の生産性向上効果を顕著に上げている。

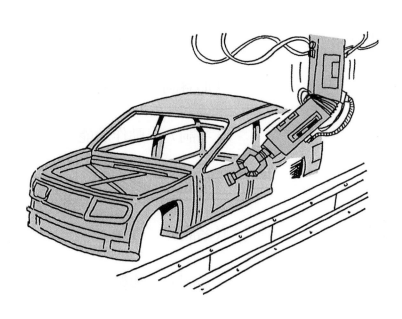

単語

1	ロボット	（名詞）	機器人（robot）
0	一般（いっぱん）	（名詞）	一般
2	機械（きかい）	（名詞）	機器
0	違う（ちがう）	（自五）	不一樣
0	人間（にんげん）	（名詞）	人類
1	ようだ	（比況助動詞）	像……一樣
2	自由度（じゆうど）	（名詞）	自由度
2	高い（たかい）	（形容詞）	高的
4	動作機能（どうさきのう）	（名詞）	動作功能
1	持つ（もつ）	（他五）	擁有
0	溶接（ようせつ）	（名詞）	焊接
0	塗装（とそう）	（名詞）	塗装
0	組立（くみたて）	（名詞）	組立、裝配
0	導入（どうにゅう）する	（他サ）	導入、引進

③	こうじょう 工 場	（名詞）	工廠
⑪	せいさんせいこうじょうこう か 生産性向 上 効果	（名詞）	生產力提升效果
①	けんちょ 顕著だ	（形容動詞）	顯著的
⓪	あ 上げる	（他下一）	提高

文法提示 <small>ぶんぽうていじ</small>

1. ～と違<small>ちが</small>う $\xrightarrow[\substack{口語中止形 \\ 「促音便」}]{V_{\equiv}て}$ 違<small>ちが</small>って

   和……不一樣

2. 名詞＋の＋ようだ $\xrightarrow[副詞形]{}$ ように

   像～一樣地

   「ようだ」比況助動詞，屬形容動詞型變化

3. 持<small>も</small>つ＋名詞（機械<small>きかい</small>）

   $\underset{V_{四}連體詞}{}$

4. ～に導入<small>どうにゅう</small>する $\xrightarrow[被動]{V_{-}れる}$ 導入<small>どうにゅう</small>される $\xrightarrow[書面語言中止形]{V_{\equiv}}$ 導入<small>どうにゅう</small>され

   助詞「に」，表歸著點。

5. 顕著<small>けんちょ</small>だ $\xrightarrow[副詞形]{}$ 顕著<small>けんちょ</small>に

6. 上<small>あ</small>げる $\xrightarrow[\substack{①正在進行 \\ ②狀態}]{V_{\equiv}ている}$ 上<small>あ</small>げている

かいせつ
解説

一般の機械　と　違って、
　　　助詞　　　　違う ──V=て──→ 違って
　　　「和」　　　（自五）口語中止形
　　　　　　　　　　　　　　「促音便」

にんげん
人間のように
　　　　よう~~が~~に
比況助動詞、屬形容動詞型變化
　　　　副詞形
　　　像……一樣地

じゆうど　たか　どうさ きのう
自由度の高い動作機能　を　持つ　機械
　　　　　　　　　　　　　　（他五）
　　　　　　　　　　　V連體形＋名詞

である。
「だ」
斷定助動詞
論文體

ようせつ　とそう　くみたて
溶接、塗装、組立　　など　　に
　　　　　　　　　　助詞　　　助詞
　　　　　　　表明詞列舉　歸著點
　　　　　　　　……等

どうにゅう
導入され、
～に導入する ──V-れる──→ される ──V=──→ され
　　　　　　　　被動　　　　　　　書面語言中止形

工場 の生産性向上 効果 を 顕著に

顕著 ✗ に
副詞形

上げている。

上げる ── V=ている ──▶ 上げている
①正在進行
（他下一） ②狀態

翻訳

機器人

　　和一般的機器不同，像人類一樣，擁有自由度很高的動作功能的機器，其被導入焊接、塗裝、組立等，顯著地提升工廠的生產力。

第三十四課

CIMの定義

　CIMはコンピューターを活用して全体の工場生産活動を統合

しようとする情報システム体系である。

単語			
5	シーアイエム ＣＩＭ		Computer Integrated Manufacture 電腦整合製造
1	ていぎ 定義	（名詞）	定義
3	コンピューター	（名詞）	電腦（computer）
0	かつよう 活用する	（他サ）	活用
0	ぜんたい 全体	（名詞）	全體
10	こうじょうせいさんかつどう 工場生産活動	（名詞）	工廠生產活動
0	とうごう 統合する	（他サ）	統合、整合
9	じょうほう 情報システム体系 たいけい	（名詞）	資訊系統體系 （システム：system）

文法提示
<ruby>文法提示<rt>ぶんぽうていじ</rt></ruby>

1. ～は～である。

   ～是～

2. <ruby>活用<rt>かつよう</rt></ruby>する $\xrightarrow[\text{口語中止形}]{V_=て}$ <ruby>活用<rt>かつよう</rt></ruby>して

3. V＿ようとする

   想要～

4. <ruby>統合<rt>とうごう</rt></ruby>する $\xrightarrow[\text{意量}]{V＿ようとする}$ <ruby>統合<rt>とうごう</rt></ruby>しようとする

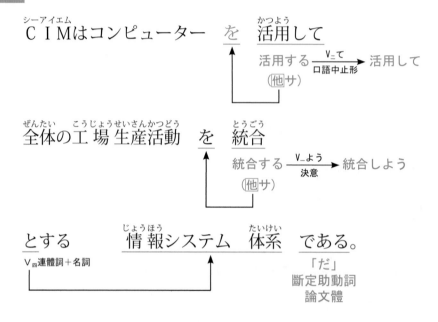

ＣＩＭはコンピューター を 活用して

活用する → 活用して
（他サ） V＝て 口語中止形

全体の工場 生産活動 を 統合

統合する → 統合しよう
（他サ） V＿よう 決意

とする 情報システム 体系 である。

V四連體詞＋名詞 「だ」
斷定助動詞
論文體

CIMは〜情報システム体系である。

CIM是〜資訊系統體系。

電腦整合製造

電腦整合製造是用電腦來整合整個工廠生產活動的資訊系統體系。

ＦＡ（自動化工場）

工場の生産ラインをすべてＮＣ工作機械やロボットやCAD／CAMなどに任せて、自動化し、究極的には、工場の無人化を目的とする自動化システムである。

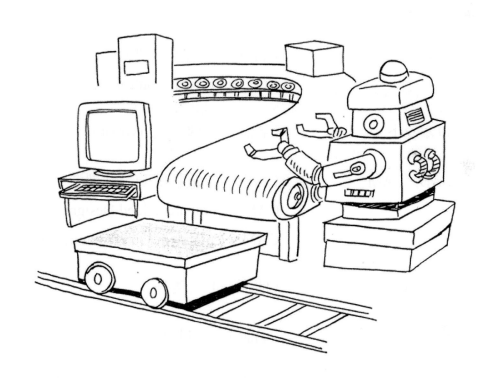

単語

③	エフエー ＦＡ	（名詞）	無人化工廠
			FA：Factory Automation
⑤	じどうかこうじょう 自動化工場	（名詞）	無人化工廠
③	こうじょう 工場	（名詞）	工廠
⑤	せいさん 生産ライン	（名詞）	生産線（ライン：line）
①	すべて	（副詞）	全部
⑩	エヌシーこうさくきかい ＮＣ工作機械	（名詞）	數值控制工作母機
			NC：Numerical Control
①	ロボット	（名詞）	機器人（robot）
③	キャド　キャム CAD／CAM	（名詞）	電腦輔助設計製造
			CAD：Computer Aided Design
			CAM：Computer Aided Manufacturing
③	まか 任せる	（他下一）	委任
⓪	じどうか 自動化	（名詞）	自動化
⓪	きゅうきょくてき 究極的だ	（形容動詞）	最終的、終極的
⓪	むじんか 無人化	（名詞）	無人化

0　目的（もくてき）　　　　　（名詞）　目的

5　自動化システム（じどうか）　（名詞）　自動化系統
　　　　　　　　　　　　　　　　（システム：system）

文法提示（ぶんぽうていじ）

1. ～を～に任せる（まか）

　把…委任給…，將…交給…

2. ～や～や～など

　…啦…啦…等等

3. 究極的だ（きゅうきょくてき） ──形容詞動詞/副詞形──▶ 究極的だに（きゅうきょくてき）

　最終地

4. ～を～とする

　把……作爲

5. する ──Ｖ四（原形）/連體形＋名詞──▶ する＋自動化システム（じどうか）

199

解説 （かいせつ）

工場（こうじょう） の 生産（せいさん）ライン を すべてＮＣ工作機械（エヌシーこうさくきかい） や
　　　　助詞　　　　　　　　　助詞　　　　　　　　　　　　　　　助詞
　　　　的　　　　　　　　表動作對象　　　　　　　　　　　　表名詞列舉
　　　　　　　　　　　　　　　　　　　　　　　　　　　　　　　啦、或

ロボット、CAD／CAM（キャド　キャム） など　　　　に　　　　任（ま）せて
　　　　　　　　　　　　　　　　助詞　　　　助詞　　　　任せる ──V＝て→ 任せて
　　　　　　　　　　　　　　表名詞列舉　表給的對象　　　　　　　　口語中止形
　　　　　　　　　　　　　　啦、或　　　給　　　　　（他下一）
　　　　　　　　　　　　　　　　　　　　　　　　　　委任　　　V＝ ──書面語言中止形→ 任せ

自動化（じどうか）し、　　　　究極的（きゅうきょくてき）には、
自動化する ──V＝ 書面語言中止形→ し　　　究極的に
　　　　　　　V＝て 口語中止形→ して　　　形容動詞副詞形

工場（こうじょう）の無人化（むじんか） を　目的（もくてき） とする 自動化（じどうか）システム
　　　　　　　　　　　　　　　～を～とする。　　　　　　V四連體形＋名詞
　　　　　　　　　　　　　　　把……作為

である。
「だ」
斷定助動詞
論文體

FA（無人化工廠）

　　將工廠的生產線全部交給數值控制工作母機（NC工作母機）、機器、電腦輔助設計製造（CAD/CAM）等，來進行自動化，以工廠無人化為最終目標的自動化系統。

NOTE

ハイテク

　ハイテクはハイ・テクノロジーの略語である。また先端技術とも呼ばれる。

　ハイテクの代表的なものとして、コンピューター、エレクトロニクス、メカトニクス、バイオテクノロジー、ニューメディア、エネルギー、新素材、宇宙開発などのような高度科学技術がある。

単語
<ruby>単語<rt>たんご</rt></ruby>

3	ハイテク	（名詞）	高科技
5	ハイ・テクノロジー	（名詞）	高科技（high-technology）
0	略語	（名詞）	省略語
0	また	（接續詞）	又
5	先端技術	（名詞）	尖端技術
0	呼ぶ	（他サ）	稱呼、稱爲
0	代表的だ	（形容動詞）	代表性的
	として	（助詞片語）	做爲、當做
3	コンピューター	（名詞）	電腦（computer）
6	エレクトロニクス	（名詞）	電子學、電子（electronics）
5	メカトロニクス	（名詞）	機電整合（mechatronics）
6	バイオテクノロジー	（名詞）	生物工學（biotechnology）
3	ニューメディア	（名詞）	新媒體（new media）

2　エネルギー　　　　　（名詞）　能源（德Energy）

3　新素材 しんそざい　　　　　（名詞）　新素材

4　宇宙開発 うちゅうかいはつ　　　（名詞）　太空探險

1　ようだ　　　　　　　（比況助動詞）　像…（表列舉）

7　高度科学技術 こうどかがくぎじゅつ　（名詞）　高度科學技術

1　ある　　　　　　　　（自五）　有、在（無生命）

文法提示
（ぶんぽうていじ）

1. ～は～である

   …是…

2. ～とも呼ぶ $\xrightarrow[\substack{被動\\「あ段音」}]{V_-+「れる」}$ ～とも呼ばれる

   也（被）稱爲……

   助詞「と」，表引用

   助詞「も」，表並列，中譯爲「也」

3. 代表的だ $\xrightarrow[連體形]{形容詞}$ 代表的だな＋名詞

4. ～として

   做爲……

5. ようだ $\xrightarrow{連體形}$ ようだな＋名詞

   「ようだ」比況助動詞，屬形容動詞變化，中譯爲「像……」
   （表舉例）

6. ～がある

   有……

解説
（かいせつ）

ハイテク　は　ハイ・テクノロジー　の　略語である。
（りゃくご）

助詞
提示主詞

助詞
的

「だ」
斷定助動詞
論文體
是

> ～は～である。
> …是…

また、　先端技術　と　も　呼ばれる。
（せんたんぎじゅつ）　　　　　（よ）

接續詞
又

助詞
表引用

助詞
也

呼ぶ　→「V－」＋「れる」→　呼ばれる
被動
（他五）　「あ段音」
稱呼

> ～と呼ぶ。
> 稱為…

ハイテク　の　代表的な　もの　として、
（だいひょうてき）

助詞
的

代表的✖な＋名詞

助詞片語
做為

コンピューター、エレクトロニクス、メカトロニクス、

バイオテクノロジー、ニューメディア、エネルギー、

新素材、宇宙開発　など　の　ような
（しんそざい）（うちゅうかいはつ）

助詞
等等

助詞
的

よう✖な＋名詞

表名詞列舉

高度科学技術　が　ある。
（こうどかがくぎじゅつ）

助詞
表有的對象

> ～がある。
> 有…

高科技

「ハイテク」是「ハイ・テクノロジー」的省略。又，也被稱爲「尖端科技」。

高科技其具代表性有電腦、電子、機電整合、生物工學、新媒體、能源、新素材、太空探險等高度科學技術。

ひかりつうしん
光通信

テレビ、電話、ファクシミリなどの各種情報を光ファイバー
を使って伝送する通信である。

光通信の伝送には二つの方法がある。それは光のパルスで伝
送するデジタル伝送と光の強弱で伝送するアナログ伝送であ
る。

ひかり
光ファイバー

たんご
単語

4	光 通信	（名詞）	光纖通訊
1	テレビ	（名詞）	電視（television）
0	電話	（名詞）	電話
5	ファクシミリ	（名詞）	傳眞機（facsimile）
4	各種 情報	（副詞）	各種情報
4	光 ファイバー	（名詞）	光纖 （ファイバー：fiber）
2	使う	（他五）	使用
0	伝送	（名詞、他サ）	傳送
0	通信	（名詞）	通訊
0	二つ	（名詞）	二種、二個
0	方法	（形容動詞）	方法
1	ある	（自五）	有、在（無生命）
0	それ	（名詞）	那個
3	光	（名詞）	光

1 パルス （名詞） 脈衝波（パルス：pulse）

5 デジタル伝送（でんそう） （名詞） 數位傳送
（デジタル：digital）

0 強弱（きょうじゃく） （名詞） 強弱

5 アナログ伝送（でんそう） （名詞） 類比傳送
（アナログ：analogy）

文法提示（ぶんぽうていじ）

1. 伝送する（でんそう） $\xrightarrow[\text{連體形＋名詞}]{\text{V四（原形）}}$ 伝送する（でんそう）＋通信（つうしん）

2. ～には～がある

…有…，…擁有…

3. で

助詞，用（表使用的方法）

4. 伝送する（でんそう） $\xrightarrow[\text{連體形＋名詞}]{\text{V四（原形）}}$ 伝送する（でんそう）＋デジタル
伝送する（でんそう）＋アナログ

名詞

テレビ、電話（でん わ）、ファクシミリなど　各種情報（かくしゅじょうほう）　を

助詞
表名詞列舉
等等

助詞
動作對象

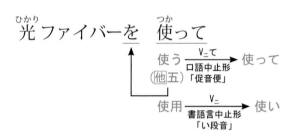

光（ひかり）ファイバーを　使（つか）って

使う　──V＝て──→　使って
口語中止形
「促音便」

〔他五〕

使用　──V＝──→　使い
書語言中止形
「い段音」

伝送（でんそう）する　　通信（つうしん）　　である。

伝送する
〔他サ〕
傳送

V四連體形＋名詞

「だ」
斷定助動詞
論文體

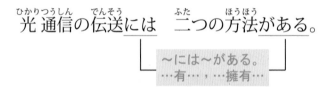

光通信の伝送には（ひかりつうしん でんそう）　二（ふた）つの方法（ほうほう）がある。

～には～がある。
…有… , …擁有…

それ　　　　は　　　光（ひかり）　の　　パルス　で

那個
指前面所提及的
「兩種傳送方法」

助詞
提示主詞

助詞
的

助詞
表使用的方法
用

伝送（でんそう）する　デジタル伝送（でんそう）　と

V四連體形＋名詞

助詞
和

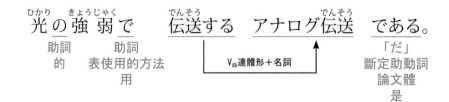

光（ひかり）の強弱（きょうじゃく）で　伝送（でんそう）する　アナログ伝送（でんそう）　である。

助詞
的

助詞
表使用的方法
用

V四連體形＋名詞

「だ」
斷定助動詞
論文體
是

光纖通訊

光纖通訊是用光纖傳送電視、電話、傳眞機等各種資訊的通訊。

光纖通訊的傳送方法有兩種，此兩種方法是：

1. 用光的脈衝波來進行傳送的數位傳送。

2. 用光的強弱傳送的類比傳送。

NOTE

第三十八課

液晶パネル

　液晶パネルは通常ＬＣＤとも呼ばれる。液晶パネルは二枚のガラスの間に液晶物質を挟み込んだ構造になっている。それ自体発光しない液晶物質を利用して、光を変調することにより，視覚表示が行われている。

　その典型的な実用例には、デジカメや携帯電話や液晶テレビやコンピューター・ディスプレイなどがある。

単語

5	液晶パネル	（名詞）	液晶面板（薄膜電晶體液晶顯示器）（パネル：panel）
5	ＬＣＤ	（名詞）	LCD面板（Liquid Crystal Display）
0	通常	（名詞）	通常
0	呼ぶ	（他五）	稱為
1	二枚	（名詞）	兩張
0	ガラス	（名詞）	玻璃（glass）
0	間	（名詞）	之間
5	液晶物質	（名詞）	液晶物質
4	挟み込む	（他五）	挾入
0	構造	（名詞）	構造
1	なる	（自五）	變成
0	それ	（指示代名詞）	那個
1	自体	（名詞）	本身
0	発光する	（自サ）	發光

0	利用する （りよう）	（他サ）	利用
3	光 （ひかり）	（名詞）	光
0	変調する （へんちょう）	（他サ）	轉變
2	こと	（名詞）	事情
4	視覚表示 （しかくひょうじ）	（名詞）	畫素
0	行われる （おこな）	（自下一）	進行
0	その	（連體詞）	那個
0	典型的だ （てんけいてき）	（形容動詞）	典型的
3	実用例 （じつようれい）	（名詞）	應用例
0	デジカメ	（名詞）	數位相機 （デジタル・カメラ：digital camera）
5	携帯電話 （けいたいでんわ）	（名詞）	手機
5	液晶テレビ （えきしょう）	（名詞）	液晶電視 （テレビ：television）
10	コンピューター ・ディスプレイ	（名詞）	電脳螢幕（computer display）

文法提示
（ぶんぽうていじ）

1. 〜とも呼ぶ（よ） $\xrightarrow[\substack{被動 \\ 「あ段音」}]{V_-+「れる」}$ 〜とも呼ばれる（よ）

   也（被）稱爲

   助詞，「と」表引用

   助詞，「も」表並列，中譯爲「也」

2. 助詞，「に」表歸著點，中譯爲「在」

3. 〜になる $\xrightarrow[\substack{①正在進行 \\ ②狀態}]{V_=ている}$ 〜になっている

4. 挟み込む（はさ・こ） $\xrightarrow[鼻音便]{V_=た}$ 挟み込んだ（はさ・こ）

5. 発光する（はっこう） $\xrightarrow[否定]{V_-ない}$ 発光しない（はっこう）

6. 利用する（りよう） $\xrightarrow{V_=て}$ 利用して（りよう）

7. 〜による $\xrightarrow[\substack{書面語言中止形 \\ 「い段音」}]{V_=}$ 〜により

   因爲（表原因）

8. 行われる（おこな） $\xrightarrow[\substack{①正在進行 \\ ②狀態}]{V_=ている}$ 行われている（おこな）

   進行著

9. 典型的（てんけいてき）だな＋名詞

10.〜には〜がある

　　在……有……

11.助詞「や〜や〜や〜など」，表名詞的列舉，中譯爲「…啦…
　　啦…啦…等等」

かい せつ
解説

液晶（えきしょう）パネル　は　通常（つうじょう）ＬＣＤ（エルシーディー）　と　　も　呼（よ）ばれる。
　　　　　　　　　助詞　　　　　　　　　助詞　助詞　　　呼ぶ ──V＿れる──▶ 呼ばれる
　　　　　　　　　提示主詞　　　　　　　表引用　也　　　　　　　「被動」
　　　　　　　　　　　　　　　　　　　　　　　　　　　　　　　　「あ段音」

液晶（えきしょう）パネル　は　二枚（にまい）　の　ガラス　の　間（あいだ）　に
　　　　　　　　　助詞　　　　　　助詞　　　　　　助詞　　　　助詞
　　　　　　　　　提示主詞　　　　　的　　　　　　的　　　　　歸著點
　　　　　　　　　　　　　　　　　　　　　　　　　　　　　　　在

液晶物質（えきしょうぶっしつ）　を　挟（はさ）み込（こ）んだ　構造（こうぞう）　に
　　　　　　　　　　　　　挟み込む ──V＝た──▶ 挟み込んだ　　　　　　助詞
　　　　　　　　　　　　　（他五）　鼻音便　　　　　　　　　　　　　　變化的結果

なっている。
　　〜なる ──V＝ている──▶ 〜になっている
　　　　　　促音便
　　　　　　表狀態

それ自体　発光しない
じたい　　はっこう

発光する ——V_ない／否定—→ 発光しない

液晶物質　を　利用して、
えきしょうぶっしつ　　　りよう

利用する（他サ） ——V=て—→ 利用して

光を変調する　　こと　　により、
ひかり　へんちょう

V四原形＋名詞

～による（因為） ——V=／書面語言中止形「い段音」—→ ～により

視覚表示　が　行われている。
しかくひょうじ　　　おこな

行われる（自下一） ——V=ている／状態—→ 行われる

その　典型的な　　実用例　　に　　は、
てんけいてき　　じつようれい

典型的✗な＋名詞

助詞
靜態存在
在

デジカメや　　　携帯電話　や
けいたいでんわ

助詞　　　　　　助詞
表名詞列舉　　　表名詞列舉
啦　　　　　　　啦

液晶テレビ　や　コンピューター・ディスプレイ　など
えきしょう

助詞　　　　　　　　　　　　　　　　助詞
表名詞列舉　　　　　　　　　　　　　表名詞列舉
啦　　　　　　　　　　　　　　　　等等

が　　ある。

助詞
表有的對象

～には～がある。

在……有……

液晶面板

液晶面板（薄膜電晶體顯示器），通常稱爲LCD面板。液晶面板的構造是二層玻璃之間注入液晶物質。利用液晶物質其本身不發光的特性，特過光的遮蔽，來產生畫素。液晶面板其典型的應用例有數位相機、手機、液晶電視、電腦螢幕等等。

NOTE

附 錄

工業産業別
こうぎょうさんぎょうべつ

6	エネルギー産業 さんぎょう	能源産業
5	金属工業 きんぞくこうぎょう	金屬工業
5	機械工業 きかいこうぎょう	機械工業
7	電子機械工業 でんしきかいこうぎょう	電子機械工業
4	繊維工業 せんいこうぎょう	紡織工業
4	化学工業 かがくこうぎょう	化學工業
0	窯業 ようぎょう	窯業
7	建設建材業 けんせつけんざいぎょう	建設建材業
2	輸送業 ゆそうぎょう	運輸業
5	食品工業 しょくひんこうぎょう	食品工業
0	雑貨 ざっか	雑貨

工業用語
こうぎょうようご

⓪	製造 <small>せいぞう</small>	製造
⓪	設計 <small>せっけい</small>	設計
⓪	金型 <small>かながた</small>	模具
⓪	板金 <small>ばんきん</small>	板金
⓪	溶接 <small>ようせつ</small>	焊接
⓪	塗装 <small>とそう</small>	塗裝
⓪	鋳造 <small>ちゅうぞう</small>	鑄造
①	プレス	沖床
⓪	加工 <small>かこう</small>	加工
⓪	生産性 <small>せいさんせい</small>	生產力
⓪	組み立て <small>くたた</small>	組立，裝配
①	検査 <small>けんさ</small>	檢查
⓪	保守 <small>ほしゅ</small>	維修

1 操作 <ruby>操作<rt>そうさ</rt></ruby>　　　　　操作

0 販売 <ruby>販売<rt>はんばい</rt></ruby>　　　　　販賣

5 工業団地 <ruby>工業団地<rt>こうぎょうだんち</rt></ruby>　　　工業區

5 生産管理 <ruby>生産管理<rt>せいさんかんり</rt></ruby>　　　生產管理

5 品質管理 <ruby>品質管理<rt>ひんしつかんり</rt></ruby>　　　品質管理

5 在庫管理 <ruby>在庫管理<rt>ざいこかんり</rt></ruby>　　　庫存管理

5 工場管理 <ruby>工場管理<rt>こうじょうかんり</rt></ruby>　　　工廠管理

コンピューター

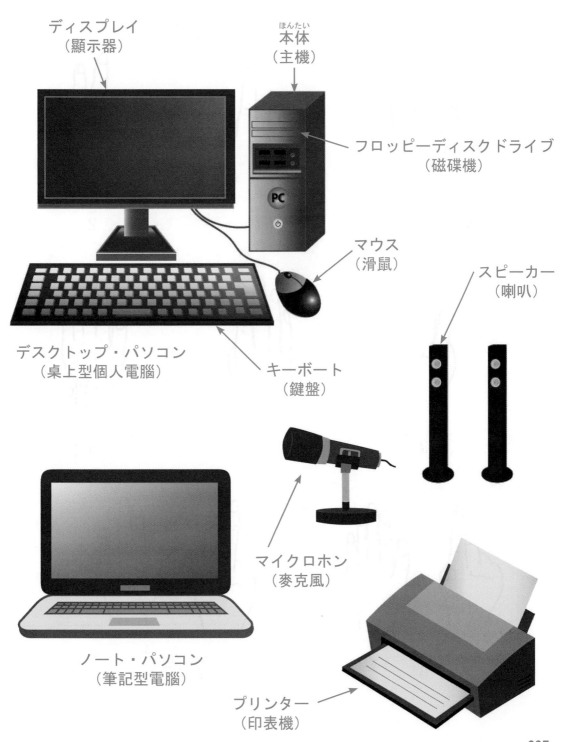

ディスプレイ
（顯示器）

本体
（主機）

フロッピーディスクドライブ
（磁碟機）

マウス
（滑鼠）

スピーカー
（喇叭）

デスクトップ・パソコン
（桌上型個人電腦）

キーボート
（鍵盤）

ノート・パソコン
（筆記型電腦）

マイクロホン
（麥克風）

プリンター
（印表機）

227

数字
（すうじ）

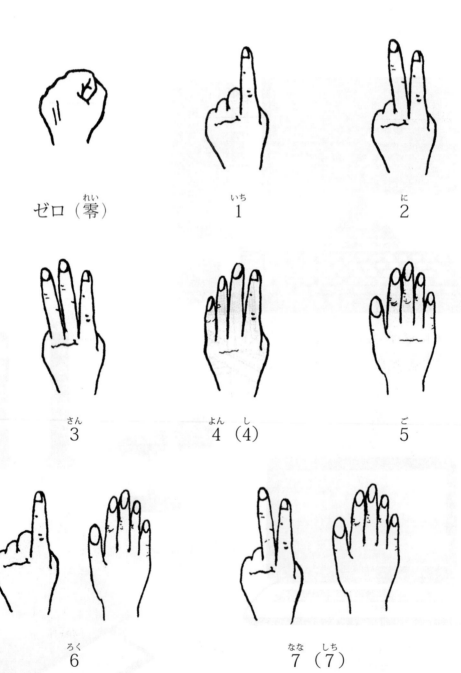

ゼロ（零）（れい）

1（いち）

2（に）

3（さん）

4（4）（よん・し）

5（ご）

6（ろく）

7（7）（なな・しち）

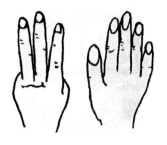

はち
8

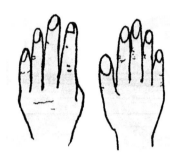

きゅう　　く
9　（9）

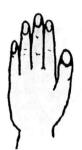

じゅう
10

ひゃく
百

せん
千

まん
万

時間
じ かん

一時
いち じ

二時
に じ

三時
さん じ

四時
よ じ

五時
ご じ

六時
ろく じ

七時
しち じ

八時
はち じ

九時
く じ

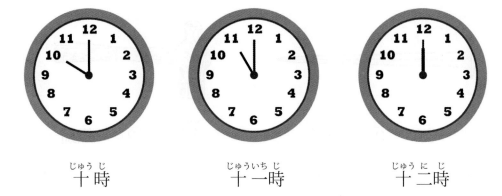

じゅう じ
十　時

じゅういち じ
十 一時

じゅう に　じ
十 二時

工具
こうぐ

釘　くぎ　0　釘子

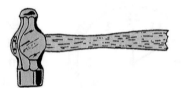

金槌　かなづち　3　鐵鎚

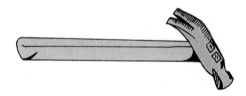

釘抜き　くぎぬ　0　拔釘槌

ペンチ　1　老虎鉗

ドライバー　2　螺絲起子

鋸　のこぎり　4　鋸子

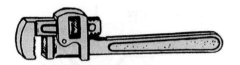

スパナ　2　螺絲鉗

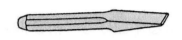

鑿^{のみ}　1　鑿子

鉋^{かんな}　3　鉋子

錐^{きり}　1　錐子

巻き尺^{まじゃく}　0　捲尺

ナット　1　螺帽　　　ボルト　0　螺栓

動作
<small>どう　さ</small>

1. 折る＋曲げる→折り曲げる
   <small>お　　　ま　　　　　　お　　ま</small>
   （折彎）

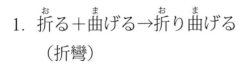
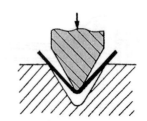

2. 打つ＋出す→打ち出す
   <small>う　　だ　　　　う　だ</small>
   （敲出）

3. 押す＋曲げる→押し曲げる
   <small>お　　　ま　　　　　　お　　ま</small>
   （壓彎）

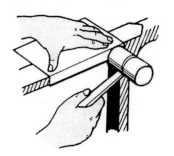

4. 打つ＋縮める→打ち縮める
   <small>う　　ちぢ　　　　う　ちぢ</small>
   （打皺）

5. 引く＋伸ばす→引き伸ばす
　　（延展）

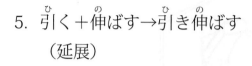

6. 機械を操作する
　　（操作機器）

7. ボルトを抜く
　　（卸螺栓）

8. レバーを握る
　　（握板手）

9. スイッチを $\left\{\begin{array}{l}\overset{い}{入}れる \\ (ON)にする\end{array}\right\}$ （開開關）

10.スイッチを $\left\{\begin{array}{l}\overset{き}{切}る \\ (OFF)にする\end{array}\right\}$ （關開關）

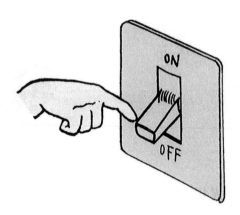

四則
しそく

1 ＋ 1 ＝ 2
いち　たす　いち　は　に

2 × 3 ＝ 6
に　かける　さん　は　ろく

7 － 5 ＝ 2
なな　ひく　ご　は　に

8 ÷ 2 ＝ 4
はち　わる　に　は　よん

工場の標識
こうじょう　ひょうしき

土足厳禁
(ど そく げん きん)
土足厳禁　[0]　嚴禁穿鞋入內

整理整頓
(せい り せい とん)
整理整頓　[1]-[0]　整理整頓

火気厳禁
(か き げん きん)
火気厳禁　[3]　嚴禁煙火

天地無用
(てん ち む よう)
天地無用　[1]-[0]　請勿倒置

頭上注意
(ず じょう ちゅう い)
頭上注意　[4]　注意頭頂

油断大敵
(ゆ だん たい てき)
油断大敵　[0]　不可疏忽大意

附 錄

ほうこう
方 向

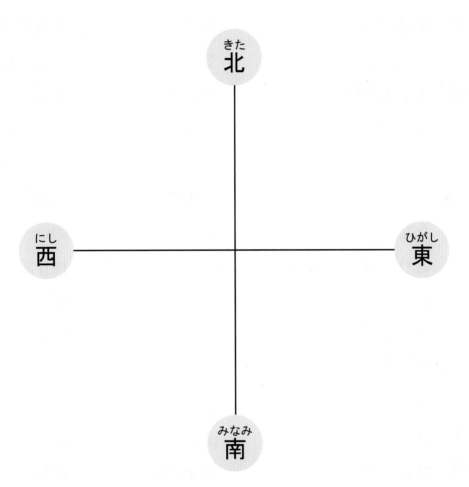

きた
北

にし
西

ひがし
東

みなみ
南

239

機械
きかい

0	あそび	遊び	裕餘留量
0	うけだい	受け台	承座、托架
2	きょようち	許容値	裕度
1	コンセント	concentric	插座
1	しゃめん	斜面	斜角、斜面
3	そうふうき	送風機	鼓風機
0	たんぞう	鍛造	鍛造
0	とりあつかいせつめいしょ	取り扱い説明書	操作説明書
1	ねじ		螺絲
1	パーツ	parts	零件
1	ばね		彈簧
1	ビーズ	bead	焊珠
1	プラグ	plug	插頭
0	プロペラ	propeller	螺槳
1	ベンド	bend	彎管、彎頭
1	ボイラー	boiler	鍋爐
0	ボルト	bolt	螺栓
0	まめつ	摩滅	磨耗、磨損
0	ようせつ	溶接	焊接
1	レバー	lever	桿

エレクトロニクス

0	アナログ	analog	類比
1	ウェハ	wafer	晶圓
0	えきしょう	液晶	液晶
5	クリーンルーム	clean room	無塵室
1	サーバ	server	伺服器
1	システム	system	系統
5	しゅうせきかいろ	集積回路	積體電路
5	じんこうちのう	人工知能	人工智慧
1	センサ	sensor	感測器
1	ソフト	soft	軟體
1	タブレット	tablet	平板電腦
1	データ	data	資料
1	デジタル	digital	數位
5	でんきじどうしゃ	電気自動車	電動車
1	ノイズ	noise	雜訊
1	ハード	hard	硬體
0	はんどうたい	半導体	半導體
4	ひかりファイバー	光ファイバー（fiber）	光纖
8	マイクロコントローラ	micro controller	微控制器
1	ロボット	robot	機器人

建築土木
けんちくどぼく

0	あしば	足場	鷹架
0	いっこだて	一戸建て	獨棟、透天厝
0	えきたいか	液体化	土壤液化
1	かんり	監理	監工
0	きょうりょう	橋梁	橋樑
3	けんぺいりつ	建蔽率	建蔽率
0	しきち	敷地	建築用地
0	つうふう	通風	通風
0	ていぼう	堤防	堤防
0	てつどう	鉄道	鐵路
1	とうりょう	棟梁	工頭
1	どうろ	道路	道路
0	どだい	土台	地基
1	とび	鳶	高空作業建築工人
3	はしら	柱	柱
2	はり	梁	樑
5	バリアフリー	barrier free	無障礙空間
0	ひあたり	日当り	採光
0	まどり	間取り	隔間
0	もくぞう	木造	木造

情報技術（IT）
<ruby>情<rt>じょう</rt>報<rt>ほう</rt>技<rt>ぎ</rt>術<rt>じゅつ</rt></ruby>

5	QRコード	QR（キューアール）コード	QR碼
1	アプリ	application	下載軟體（APP）
4	インターネット	internet	網際網路
3	オンライン	on-line	線上
2	カテゴリ	Kategorie（德）	分類
1	グーグル	Google	谷歌
0	けいたい	携帯	手機
3	こうしきサイト	公式サイト	官方網站
1	コンテンツ	contents	內容
0	じょうほう	情報	資訊
0	スマホ	smart phone	智慧手機
0	たいおう	対応	支援
0	ツイッター	Twitter	推特
7	でんししょうとりひき	電子商取引	電子商務
4	でんしマネー	電子マネー	電子錢包
4	ネットつうはん	ネット通販	網購
4	ネットワーク	network	網路
3	バーコード	bar code	條碼
4	フェースブック	Facebook	臉書
3	ユーチューブ	YouTube	影片分享網站

数学
すうがく

1	かい	解	解
3	かんすう	関数	函數
4	きりあげる	切り上げる	進位
0	こうしき	公式	公式
3	さんじょう	3乗	3次方
1-0	ししゃごにゅう	四捨五入	四捨五入
3	しょうすうてん	小数点	小數點
0	すうじ	数字	數字
0	ずけい	図形	圖形
1	せん	線	線
1	たかさ	高さ	高度
0	てん	点	點
1	ながさ	長さ	長度
0	にじょう	2乗	2次方
2	はすう	端数	尾數
3	パラメーター	parameter	參數
0	びせきぶん	微積分	微積分
3	へいほうこん	平方根	開平方
3	りっぽうこん	立方根	開立方
1	ログ	logarithm	對數

図表
（ず　ひょう）

⓪	きょくせん	曲線	曲線
①	グラフ	graph	圖表
⓪	ざひょう	座標	座標
⓪	ず	図	圖
⓪	たてじく	縦軸	縱軸
⓪	よこじく	横軸	橫軸
①	たんい	単位	單位
③	パーセント	percent	百分比
⓪	ひょう	表	表格
⓪	めもり	目盛り	刻度
⓪	よこばい	横這い	持平
⓪	わりあい	割合	比率
⓪	かくりつ	確率	機率

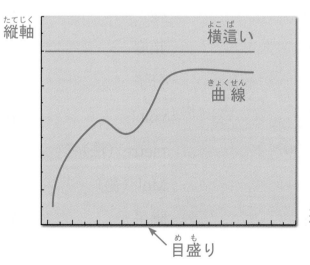

物理

3	アンペア	ampere	安培
0	ようきょく	陽極	正極
0	いんきょく	陰極	負極
1	かいろ	回路	電路
3	キログラム	kilogram	公斤
3	キロメートル	kilometre	公里
1	クーロン	coulomb	庫倫
1	ケルビン	kelvin	凱氏絕對溫度
3	シミュレーション	simulation	模擬
1	でんし	電子	電子
0	でんりゅう	電流	電流
1	ニュートン	newton	牛頓
1	パスカル	paseal	巴斯卡
1	びょう	秒	秒
1	ひんど	頻度	頻率
1	ぶんし	分子	分子
0	ボルト	volt	伏特
1	メートル	metre（法）	公尺
1	モル	Mol（德）	莫耳
1	ようし	陽子	質子

バイオテクノロジー

7	IPSさいぼう	IPS（アイピーエス）細胞	IPS細胞
1	イースト	yeast	酵母、發酵粉
5	いでんしくみかえ	遺伝子組み換え	基因改造
1	ウィルス	virus（拉）	病毒
5	クローンぎじゅつ	クローン技術（clone）	複製技術
1	ゲノム	Genom（德）	基因
4	ゲノムせいやく	ゲノム製薬（Genom, 德）	基因製藥
0	こうたい	抗体	抗體
0	じょうぞう	醸造	醸造
5	しょくひんかいはつ	食品開発	食品開發
5	しょくぶつバイオ	植物バイオ（bio）	植物生物科技
5	どうぶつバイオ	動物バイオ（bio）	動物生物科技
0	にゅうさんきん	乳酸菌	乳酸菌
4	バイオいりょう	バイオ医療（bio）	生物醫療
4	バイオガソリン	bio gasoline	生物汽油
4	バイオねんりょう	バイオ燃料（bio）	生物燃料
0	はっこう	発酵	發酵
6	ひいでんしくみかえ	非遺伝子組み換え	非基因改造
4	ひんしゅかいりょう	品種改良	品種改良
1	ワクチン	Vakzin（德）	疫苗

247

化学（かがく）

3	げんしりょう	原子量	原子量
6	げんそしゅうきりつ	元素周期律	化學元素週期表
0	こたい	固体	固體
0	えきたい	液体	液體
0	きたい	気体	氣體
2	カリウム	kalium（德）	鉀
1	カルシウム	calcium	鈣
4	マグネシウム	magnesium	鎂
1	りん	燐	燐
1	さんそ	酸素	氧氣
1	すいそ	水素	氫氣
1	たんそ	炭素	碳
1	ちっそ	窒素	氮
0	アンモニア	ammonia	氨
1	かがくげんそ	化学元素	化學元素
0	かごう	化合	化合
4	さんそボンベ	酸素ボンベ（Bombe, 德）	氧氣筒
0	じっけん	実験	實驗
0	ねんしょう	燃焼	燃燒
0	ふってん	沸点	沸點
0	ぶんかい	分解	分解

化学器具
（かがくきぐ）

1	コック	cock	栓
6	さんかくフラスコ	三角フラスコ（Flasche, 德）	三角燒瓶
0	しけんかん	試験管	試管
1	シャーレ	Schale（德）	培養皿
1	ビーカー	beaker	燒杯
2	ビュレット	burette	計量吸管
0	ひょうせん	標線	標線
0	ふた	蓋	蓋子
5	ぶんえきろうと	分液漏斗	分液漏斗
6	まるぞこフラスコ	丸底フラスコ（Flasche, 德）	圓底燒瓶
4	メスシリンダー	Meßzylinder（德）	計量量筒
4	メスフラスコ	Meßflashe（德）	計量燒瓶
1	ろうと	漏斗	漏斗

エネルギー

1	ウラン	Uran（德）	鈾
1	エコ	eco	環保
5	エルピーガス	LP gas	桶裝瓦斯
5	おんしつこうか	温室効果	溫室效應
5	かせきエネルギー	化石エネルギー（energie, 德）	石化能源
4	かりょくはつでん	火力発電	火力發電
6	げんしりょくはつでん	原子力発電	核能發電
4	じねつはつでん	地熱発電	地熱發電
5	すいりょくはつでん	水力発電	水力發電
7	たいようこうはつでん	太陽光発電	太陽能發電
6	バイオマスはつでん	バイオマス発電（bio mass）	生物能發電
6	はいきぶつはつでん	廃棄物発電	廢棄物發電
5	ふうりょくはつでん	風力発電	風力發電
2-2	クリーンなエネルギー	clean energie（德）	乾淨的能源
9	さいせいかのうエネルギー	再生可能エネルギー（energie, 德）	再生能源
0	しょうエネ	省エネ（energie, 德）	節約能源

0	せきたん	石炭	煤炭
0	せきゆ	石油	石油
0	ちきゅうおんだんか	地球温暖化	地球暖化
4	てんねんガス	天然ガス（gas）	天然氣
4	バイオディーゼル	bio diesel	生質柴油
7	ハイブリッドカー	hybrid car	油電混合車
0	ほうしゃせん	放射線	輻射線
0	ゆしゅつ	輸出	出口
0	ゆにゅう	輸入	進口

企業管理
きぎょうかんり

3	サラリーマン	salaried man	上班族
0	OL（オーエル）	office lady	粉領族
1	しゃいん	社員	員工
3	せいしゃいん	正社員	正式員工
0	はけん	派遣	派遣
0	しょくたく	嘱託	約聘人員
0	フリーター	Free Arbeiter（德）	打工者
1	じょうし	上司	上司
1	ぶか	部下	下屬
0	どうりょう	同僚	同事
5	しゅうしんこよう	終身雇用	終身雇用
0	ねんこうじょれつ	年功序列	年功序列
4	ていきさいよう	定期採用	4月定期採用
5	ていねんたいしょく	定年退職	退休
2	ねまわし	根回し	事先溝通
0	しょうしん	昇進	升遷
0	しょうきゅう	昇給	加薪
1	きゅうりょう	給料	薪水
1	ちんぎん	賃金	薪資
0	ねんぽう	年俸	年薪

7	きんぞくねんすう	勤続年数	年資
5	ゆうきゅうきゅうか	有給休暇	年假
1	ボーナス	bonus	獎金
0	くみあい	組合	工會
0	ざんぎょう	残業	加班
0	あかじ	赤字	赤字、虧損
0	くろじ	黒字	盈餘
0	にほんえん	日本円	日幣
5	たいわんげん	台湾元	台幣
5	じんみんげん	人民元	人民幣
1	ドル	dollar	美金
1 / -1	アポをとる	アポを取る （appointment）	約定見面時間
0	うちあわせる	打ち合わせる	商量、洽商
0	えんたか	円高	日幣升值
0	えんやす	円安	日幣貶值
0	おろしね	卸値	批發價
0	こうりね	小売値	零售價
0	かぶ	株	股票
0	かぶか	株価	股價

5	かぶしきがいしゃ	株式会社	股份有限公司
2	かぶぬし	株主	股東
4	かわせレート	為替レート（rate）	匯率
1	クーポン	coupon	優惠券、回數票
2	クライアント	client	顧客
5	けいやくいはん	契約違反	違約
0	けんぴん	検品	驗貨
4	コストダウン	cost down	降低成本
1	コネ	connection	人脈
2	コミッション	commission	佣金
0	ざいこ	在庫	庫存
3	ざいテク	財テク	理財
4	しゃいんカード	社員カード（card）	員工證
0	じゅちゅう	受注	接受訂單
0	しゅっか	出荷	出貨
5	じょうじょうきぎょう	上場企業	上市企業
0	せいきゅうしょ	請求書	帳單
0	そうきん	送金	匯款
0	だいきん	代金	貨款
3	たなおろし	棚卸	盤點
0	ちゅうもん	注文	訂貨

⓪	にゅうさつ	入札	投標
⓪	らくさつ	落札	得標
①	ネゴ	negotition	議價
①	のうき	納期	交貨
①	バーゲン	bargain	拍賣
⓪	はいたつ	配達	送貨
④	はいちてんかん	配置転換	輪調
⓪	はっちゅう	発注	下訂單
⓪	ぶあいせい	歩合制	按件計酬
⓪	ぶつりゅう	物流	物流
⓪	ふなづみ	船積	裝船
⓪	へんぴん	返品	退貨
③	マーケティング	marketing	行銷
⑤	まちあわせる	待ち合わせる	等候會面
⓪	みつもりしょ	見積書	估價單
④	めいしこうかん	名刺交換	交換名片
①	メーカー	maker	廠商
⓪	めんせつ	面接	面試
⓪	ゆしゅつ	輸出	出口
⓪	ゆにゅう	輸入	進口
⓪	リストラ	restructuring	裁員
⓪	りんぎしょ	稟議書	簽呈

コンピューター用語

1	アイコン	icon	圖示
1	アクセス	access	進入方式
0	あっしゅくする	圧縮する	壓縮
1	ウィルス	virus	病毒（電腦）
1	ウィンドウ	window	視窗
0	うわがきする	上書する	覆寫
0	おす	押す	按
1	カーソル	cursor	游標
1	キー	key	按鍵
3	キーボード	keyboard	鍵盤
0	キーワード	keyword	關鍵字
2	クリックする	クリックする（click）	點擊
0	けんさく	検索	搜尋
1	コピーする	コピーする（copy）	複製
1	ペーストする	ペーストする（paste）	貼上
0	サイト	site	網站
0	にゅうりょく	入力	輸入
0	しゅつりょく	出力	輸出
2	セキュリティ	security	電腦防護
0	そうしんする	送信する	寄信

0	そうにゅう	挿入	插入
0	ダウンロード	download	下載
1	ツール	tool	工具列
4	デスクトップ	desktop	桌面
0	てんそうする	転送する	轉寄
1	てんぷする	添付する	附加
4	トップページ	top page	首頁
3	パスワード	password	密碼
2	ブラウザ	browser	瀏覽器
1	ヘルプ	help	說明
0	へんかんする	変換する	轉換
0	へんしゅうする	編集する	編輯
4	ホームページ	home page	網頁
0	ほぞんする	保存する	存檔
1	マウス	mouse	滑鼠
0	メール	mail	電子郵件
4	メールアドレス	mail address	電子信箱
0	もじばけ	文字化け	亂碼
1	ユーザ	user	使用者
3	ログインする	ログインする（login）	登入

NOTE

NOTE

NOTE

NOTE

國家圖書館出版品預行編目資料

工業日文 / 江裴倩、江任洸編著. -- 五版. --
新北市：全華圖書, 2018.09
　　面 ；　公分
　ISBN 978-986-463-954-0(平裝)
1.日語 2.讀本
803.18　　　　　　　　　　107016223

工業日文

作者 / 江裴倩、江任洸

發行人 / 陳本源

執行編輯 / 王鈞

封面設計 / 曾霈宗

出版者 / 全華圖書股份有限公司

郵政帳號 / 0100836-1 號

印刷者 / 宏懋打字印刷股份有限公司

圖書編號 / 0252104

五版二刷 / 2021 年 09 月

定價 / 新台幣 450 元

ISBN / 978-986-463-954-0

全華圖書 / www.chwa.com.tw

全華網路書店 Open Tech / www.opentech.com.tw

若您對本書有任何問題，歡迎來信指導 book@chwa.com.tw

臺北總公司(北區營業處)
地址：23671 新北市土城區忠義路 21 號
電話：(02) 2262-5666
傳真：(02) 6637-3695、6637-3696

南區營業處
地址：80769 高雄市三民區應安街 12 號
電話：(07) 381-1377
傳真：(07) 862-5562

中區營業處
地址：40256 臺中市南區樹義一巷 26 號
電話：(04) 2261-8485
傳真：(04) 3600-9806(高中職)
　　　(04) 3601-8600(大專)

版權所有‧翻印必究

23671 新北市土城區忠義路21號

全華圖書股份有限公司

行銷企劃部　收

廣　告　回　信
板橋郵局登記證
板橋廣字第540號

（請由此線撕下）

歡迎加入 **全華會員**

● 會員獨享

　會員享購書折扣、紅利積點、生日禮金、不定期優惠活動…等。

● 如何加入會員

　填妥讀者回函卡直接傳真 (02) 2262-0900 或寄回，將由專人協助登入會員資料，待收到
　E-MAIL 通知後即可成為會員。

如何購買 **全華書籍**

1. **網路購書**

　全華網路書店「http://www.opentech.com.tw」，加入會員購書更便利，並享有紅利積點
　回饋等各式優惠。

2. **全華門市、全省書局**

　歡迎至全華門市（新北市土城區忠義路 21 號）或全省各大書局、連鎖書店選購。

3. **來電訂購**

　(1) 訂購專線：(02) 2262-5666 轉 321-324
　(2) 傳真專線：(02) 6637-3696
　(3) 郵局劃撥（帳號：0100836-1　戶名：全華圖書股份有限公司）
　※　購書未滿一千元者，酌收運費 70 元。

全華網路書店 www.opentech.com.tw
E-mail: service@chwa.com.tw

※ 本會員制如有變更則以最新修訂制度為準，造成不便請見諒。

讀者回函卡

（請由此線剪下）

填寫日期：　　／　　／

姓名：　　　　　　　　　　生日：西元　　　年　　　月　　　日　　性別：□男 □女
電話：（　　）　　　　　　傳真：（　　）　　　　　　手機：
e-mail：（必填）
通訊處：□□□□□

註：數字為英文L請用 Φ 表示，數字1與英文L請另註明並書寫端正，謝謝。

職業：□工程師 □教師 □學生 □軍 · 公 □其他
學歷：□博士 □碩士 □大學 □專科 □高中 · 職

學校／公司：　　　　　　　　　　科系／部門：

· 需求書類：
□A.電子 □B.電機 □C.計算機工程 □D.資訊 □E.機械 □F.汽車 □I.工管 □J.土木
□K.化工 □L.設計 □M.商管 □N.日文 □O.美容 □P.休閒 □Q.餐飲 □B.其他

· 本次購買圖書為：　　　　　　　　　　書號：

· 您對本書的評價：
封面設計：□非常滿意 □滿意 □尚可 □需改善，請說明
內容表達：□非常滿意 □滿意 □尚可 □需改善，請說明
版面編排：□非常滿意 □滿意 □尚可 □需改善，請說明
印刷品質：□非常滿意 □滿意 □尚可 □需改善，請說明
書籍定價：□非常滿意 □滿意 □尚可 □需改善，請說明
整體評價：請說明

· 您在何處購買本書？
□書局 □網路書店 □書展 □團購 □其他

· 您購買本書的原因？（可複選）
□個人需要 □幫公司採購 □親友推薦 □老師指定之課本 □其他

· 您希望全華以何種方式提供出版訊息及特惠活動？
□電子報 □DM □廣告 （媒體名稱　　　　　　　　）

· 您是否上過全華網路書店？（www.opentech.com.tw）
□是 □否 您的建議

· 您希望全華出版那方面書籍？

· 您希望全華加強那些服務？

～感謝您提供寶貴意見，全華將秉持服務的熱忱，出版更多好書，以饗讀者。
全華網路書店 http://www.opentech.com.tw 客服信箱 service@chwa.com.tw

2011.03 修訂

親愛的讀者：

感謝您對全華圖書的支持與愛護，雖然我們很慎重的處理每一本書，但恐仍有疏漏之處，若您發現本書有任何錯誤，請填寫於勘誤表內寄回，我們將於再版時修正，您的批評與指教是我們進步的原動力，謝謝！

全華圖書 敬上

勘 誤 表

書號		書 名		作 者
頁 數	行 數	錯誤或不當之詞句		建議修改之詞句

我有話要說：（其它之批評與建議，如封面、編排、內容、印刷品質等⋯⋯）